閱讀小鎮

張友漁——著

目錄

自序　沒有什麼的小鎮?!　張友漁——4

第1章　他是不是你爸爸？——10

第2章　還好，我還有媽媽——22

第3章　敲擊鍋蓋的聲音——30

第4章　璞玉的故事——42

第5章　光華號——52

第6章　沙漠中的一朵美麗小花——70

第7章　自強號不想停悶蛋小鎮——80

第8章　戰帖——92

第9章　我的悶蛋戀愛——104

第10章 麵包店裡的怪客——118
第11章 阿嬤的三輪車——132
第12章 紅辣椒上路——142
第13章 監獄裡的老爸——154
第14章 剿匪記——164
第15章 會長高的悶蛋大橋——184

推薦文

克服無聊，尋找平凡生活中的小趣味 林偉信——198
處處充滿驚奇的冒險之旅 傅林統——201
人生不悶蛋，像璞玉一樣閃閃發亮 黃秋芳——205
好多新鮮事，就在自己的家鄉 王玉萍——211
好山好水不無聊，發掘台灣小鎮的美好 許慧貞——214

附錄

真實世界裡的悶蛋小鎮：玉里——218

自序　沒有什麼的小鎮?!

文・張友漁

有一年夏天，我回小鎮探望媽媽，趁著媽媽睡午覺的時候，騎著單車去街上逛逛。豔陽曬得小鎮慵懶得像就要融化的冰淇淋，街道上沒什麼人在走動，所有的店都開著，卻不見任何客人；連平常見人見車就拔足狂吠狂追的黑狗，也趴在屋簷下連眼皮都懶得抬起來；空氣裡的氧氣彷彿被陽光給蒸發了，我用力地吸了幾口，卻沒有半點新鮮氧氣進入肺部，感覺就要窒息了；才騎過圓環，忽然一個強烈的念頭衝上腦門：「這個小鎮真是悶蛋啊！」

於是，這本書就誕生了。

我的朋友有一次從彰化某個小鎮回來，這麼告訴我：「我覺得鄉下小鎮好悶喔！在那裡住一天就受不了了。」

悶？為什麼悶呢？沒有百貨公司、沒有漢堡、炸雞店，沒有大書店，也沒有像樣的咖啡館？這樣一個沒得逛街花錢的地方，簡直悶蛋到無以復加。

台灣到底有多少個悶蛋小鎮啊?!

不久前我去了馬來西亞的亞庇旅行。朋友安排了一個行程，從亞庇坐一個多小時公車到一個叫做葩葩魯（papar）的小鎮。

「那裡有什麼？」我問。朋友這樣安排，我猜想葩葩魯也許是一個很有特色的小鎮，才值得我們搭乘一個半小時的小巴前往。

沒想到，我朋友淡淡然地說：「沒有什麼。」

啊！沒有什麼的小鎮，我們為什麼要去？（我們只是在進行一個無景點的旅行，坐小巴士到葩葩魯，然後轉搭火車回亞庇，體驗一下當地人的生活。）

心裡的疑問剛剛升起，我就非常非常期待前往這個「沒有什麼」的小鎮。我想看一看，是不是真的沒有什麼？更重要的是，我覺得這是一種挑戰，我敏銳的雙眼一定能在「沒有什麼」當中找出「一點什麼」。

逛完整個小鎮後，差一點就要下「這個小鎮真的沒有什麼」的結論時，我看見了，一棟兩層樓的木造房子，二樓窗戶邊有一張微笑的臉，那微笑很美。有美麗微笑的小鎮，怎還能說沒什麼？

我們居住的小鎮，是否就真的那麼「沒有什麼」呢？我們可以很輕易地發現小鎮的美，只是，我們太習慣遺忘和忽略了。

讓我們重新去搜尋一下，小鎮是否有某個你曾經揉進感情的地方？也許是某條街道的某一棵樹下，悄悄埋藏著你第一次約會的羞澀記憶？也許是，一間有意思的餐廳？也許是，一間你小時候非常抗拒的理髮店？這些地方因為埋藏著故事，而在小鎮裡發出獨特的亮光。

圓環旁邊有一條長長的巷子，巷子入口處高高掛起一塊木頭招牌，招牌上寫著「白玉茶室」。巷子底就是白玉茶室，那是一個風月場所。我有一個年紀很大的姑媽獨居在茶室隔壁，媽媽常常吩咐我帶一些家裡種的菜去探望姑媽。於是我經常騎著單車進出那條長長的巷子。巷子底的神祕風景，讓我好奇不已。有一次，我假裝騎單車騎過頭，逮住機會往裡頭瞧，只見空空的庭院，什麼人也沒有。後來姑媽將兩間空房間出租給隔壁的女子，其中一間房間的門經常不關，虛掩的門縫又讓我忍不住好奇地往裡頭窺看，幽暗的房裡什麼也看不見，只聽見紙扇子不停搧動的聲音。

姑媽過世後，巷子裡的房子也賣出去了。每次回到小鎮，經過那長長的空寂的巷子，總忍不住多看幾眼。很多時候，我們特地回到小鎮追尋，將空虛的內在重新裝填歡愉、憂傷，或遺憾的記憶，因為童年的往事是靈魂的點心食糧。

幾年前，有一列自強號忽然不想停靠小鎮，想從台東直達花蓮。這怎麼可以呢？火車怎麼可以這樣無情地從小鎮呼嘯而過，停也不停一下呢？那是一種背叛啊！於是小鎮民代發起簽名連署，傳達小鎮居民的心聲。那天，我剛好回到小鎮，於是陪著媽媽到設在火車站的連署站簽名。我看著不識字、只會簽自己名字的媽媽很認真地一筆一畫寫下自己的名字，我很感動，媽媽是真心愛著這個小鎮。

小鎮車站前的光復路上有一間藍色小山餐廳，我很喜歡那間餐廳，因為，那是我和媽媽最常約會的餐廳。每次回到小鎮，我都會帶媽媽到這間餐廳用餐。每一次都給媽媽叫一份魚的套餐，給自己點了義大利麵。我們會有很多對話，每一次都重複一樣的對話，好像我們是為了說那些話才進餐廳似的。

久而久之，每次經過餐廳，我就會想起和媽媽坐在窗邊用餐以及說話的情景。藍色小山餐廳悄悄地為我收藏著我與媽媽許多美好的時刻，也在不知不覺中，成為我心中一個小小的鄉愁。

書裡的小鎮其實很有什麼，只是，少年丁一丁用另一種不屑的口吻與態度，逞強式地認為，這沒有什麼，那也沒有什麼，反其道地以故意貶損的方式把小鎮的特色介紹出來，最後的結論，仍然賭氣式地說：「這個小鎮真的沒有什麼。」

你也覺得自己居住的小鎮是個無聊的大悶蛋嗎？

很多年前的一個星期天，我到宜蘭南澳鄉的澳花村旅行，在澳花國小操場遇見兩個年紀約五、六歲的小女孩，她們很快樂地騎著小單車在繞圈子。我陪著她們玩耍了一會兒後，問她們：「澳花村哪裡最漂亮？」

其中一個大眼睛的女孩隨手指了一個方向說：「那裡。」

那裡是哪裡？我問。

「我家。」大眼睛的女孩這麼說。

聽到這樣的答案，你怎麼能不微笑呢！

第1章　他是不是你爸爸？

這個悶蛋小鎮如果不是還有阿嬤，簡直就一無是處。

長長的光復路上只有一個老婦人騎著三輪車緩慢地在移動，一隻黑狗從巷子裡狂奔而出，追著老婦人的三輪車。追了兩下，就因為三輪車速度太慢，覺得無趣而放棄追逐。老人服裝專賣店老闆娘坐在門口的藤椅上打瞌睡。小鎮圓環中央水池站立著三條鯉魚，鯉魚的嘴朝上噴著水柱。一個老太太帶著三歲小孫子，在水池旁朝鯉魚丟石頭。

刺亮的陽光曬得小鎮瞇著眼無精打采地打起瞌睡。

一直沉睡不想醒來的悶蛋小鎮。

很多年後，我又被送回東部的悶蛋小鎮，這回我才真正看清楚小鎮的面貌。如果要用人來形容，那麼小鎮就像是一個將全身塗成金色、假裝是一座雕像的表演者，他和小鎮一樣會呼吸，也如小鎮一樣悶蛋。我在高雄看過一次，那個人把自己全身上下塗成金色，然後站立不動。很多人盯著他瞧，嘴裡發出驚嘆，如果你朝他腳跟前的帽子扔錢，他就會突然醒來，睜開眼睛，像機器人那樣轉動他的頭，擺動他的手腳，表達對你的感謝。我一直盯著他的胸口瞧，他的呼吸很輕很輕，胸口的起伏很小，就像小鎮的呼吸也很輕，輕得像螞蟻在呼吸。

聽說以前的悶蛋小鎮是一個風沙滾滾的地方，風一吹，風沙就鋪天蓋地漫天飛揚，就像西部電影裡那些牛仔裝扮的神槍手在沙漠裡騎馬追逐，揚起的風沙得花一個上午的時間才會落定。被放在這樣一個連一根草也長不出來的大荒野悶蛋小鎮，能有什麼搞頭呢！

說到那個圓環，還真是宇宙無敵的悶蛋。如果有一天我要寫一本書，書名就要叫「悶蛋大圓環」。阿嬤說以前的圓環很漂亮，有魚有樹還有一個小噴泉，那時候圓環周圍可熱鬧了，天黑了之後有很多人在那裡做生意，夏天的時候可以在圓環邊乘涼、聊天。後來不知是誰出的主意，把好好的圓環打掉，用大理石做了一隻好大的怪鳥，從此鎮上就不安寧了，一下這裡火災，一下那邊有個大人物死了，圓環周圍更是輪流火災；大家都說是這隻醜怪的鳥帶來的災難，於是鎮公所移走了大怪鳥；圓環空蕩蕩了好一陣子，又有人說怎麼就這樣讓圓環空著呀！於是鎮公所又重新製作了三隻噴水鯉魚；沒多久，有一個地方又發生火災了，有人又說話了，說這鯉魚

這麼大，放牠出來作亂嗎？於是就加了三根石柱鎮壓……

多悶蛋呀！如果外星人要攻打地球，只要在每個小鎮的圓環搞鬼就好了，何必在臭氧層的大洞灑下不明氣體呢？

我年紀還小，才十三歲，就像一棵種在盆栽裡的植物，不斷地被搬移，無法決定自己的位置。就像那個悶蛋圓環，無法決定自己的風景。我從來不會隨便付出我的感情，一旦我開始習慣並喜歡上某個地方，就像植物剛剛生了根，老爸卻很快又要逃亡了。他會像拔起一棵樹那樣，將我連根拔起，隨便愛種哪兒就種在哪兒，從來不管那裡的土壤和氣候是不是適合我。

這次老爸闖的禍會讓他在裡面關很久吧！希望再見到老爸的時候，我已經成年，那時候我就可以決定自己的位置。

來到小鎮之前，我住在高雄鼓山區一間十二坪大的老舊套房。

牆上的壁紙剝落得無一處完整，靠馬路的那面牆還長著一叢一叢灰白色的霉菌，乍看，就像沒有人住的鬼屋。老爸總是這麼說：「幹麼費心整理呀！我們很快就要搬家了。」家裡擺設簡單，一張大床墊、一張藤椅、一張餐桌、一個塑膠衣櫥、一台房東留下來的電視機，以及一個陽春的廚房。那是我和老爸的棲身之處。這間破爛的套房大多時候只有我一個人住，老爸偶爾回來住個一天兩天，丟一些少得可憐的錢在餐桌上，就又失去蹤影。老爸要我別跟學校的老師和鄰居說，否則社會局的人就會把我帶走，然後我就得住進陌生人的家裡。我什麼人也沒有說，反正我已經習慣了。

那天，電視正在播新聞。我在餐桌前吃著一盒排骨便當，我給自己煮了一碗蛋花湯，雖然爸媽不在身邊，我還是決定要對自己好一點。這麼冷的天氣喝一點熱湯是很舒服的。

電視新聞播著一宗殺警事件。

「昨天清晨三點，大樹鄉發生一起殺警事件。正在執行巡邏職務的員警陳大義和楊耀宗，發現一輛停靠路邊的汽車，車裡的人疑似發生爭吵，於是上前盤查。未料該輛汽車突然搖下車窗，朝著兩位員警開槍，楊耀宗當場死亡，另一名員警則重傷昏迷。警方表示有目擊證人證實坐在車子裡槍殺警員的二名歹徒分別是綽號阿匪的黃志中以及綽號鬼仁的陳為仁。兩人於今年九月十八日持槍搶劫銀樓被通緝。」美麗的主播口齒清晰地播報新聞。

螢幕上播出兩名嫌犯的大頭照。綽號阿匪的人右眼眉角有一粒明顯的咖啡色肉疣。鬼仁則一臉兇相，殺氣騰騰的眼神讓人不寒而慄。

接下來播出的是一宗搶劫案。

電視畫面正在播放監視錄影的短片，一個搶匪戴著一頂紅色棒球帽，右手拿著一把西瓜刀對著魁梧的店員揮舞，示意他打開收銀機。店員打開收銀機，搶匪的左手一邊將裡頭的錢抓起來塞進口袋，右手的西瓜刀還一邊對著店員作勢揮砍；搶匪將所有的錢拿走，連零錢也不放過。他一邊倒退一邊揮舞西瓜刀，就在接近門口的時候，店員拿起一罐可樂朝搶匪扔過去，不偏不倚地擊中搶匪的腦袋。搶匪倒在門口，年輕的店員俐落地躍出櫃台，將搶匪制服。

我激動地站了起來，愣愣看著這則新聞，直到畫面被下一則新聞取代。那個搶匪的臉雖然有點模糊，但是我認得他以及他身上的衣服和帽子，那個人是我老爸。我老爸竟然戴著我的紅色棒球帽去搶劫超商！

我重新坐下，沒滋沒味地吃著排骨便當，喝著蛋花湯。就在我

不知道該怎麼辦的時候，電話鈴響了。我希望是媽媽打來的。如果她看見這則新聞應該會打電話給我。

電話不是媽媽打來的，是老爸。

「嗯，嗯，我知道了。」我掛下電話，繼續把便當吃完，才從衣櫥底部抽出一個旅行袋，從衣架上扯下幾件父親的衣褲，再進浴室拿出一把牙刷、刮鬍刀、肥皂，和一條髒兮兮的毛巾，胡亂塞進旅行袋裡，然後走出家門。

我走進警局，繞過值班台，一眼就看見老爸被銬在牆邊。他的左耳及左臉頰紅腫一片。值班台旁邊的沙發上坐著兩個年輕男子，他們脖子上掛著相機盯著我一直看，那模樣看起來像是記者。老爸抬頭看了我一眼，接著瞄了一眼沙發上那兩個人，隨即將頭轉開。我走到老爸面前，將手上的旅行袋往他的腳邊扔去。用充滿輕蔑的眼神問他：「這次你又幹了什麼好事？」老爸將頭垂得更低了。

一個穿著超商制服的年輕男生走進警察局，被警察帶到一旁做筆錄。

我的不良老爸窮到盡頭異想天開去搶劫便利商店，很不幸地，他很快就被逮到了，店裡的監視器錄下整個過程。那一分鐘的搶劫片段，一整天不斷在各個電視台重複播放。此刻，警察局裡的電視機正播放著這則新聞，我現在才知道，老爸一共搶得了三千七百五十四元。

我轉身想走，卻被警察留下來。當警察知道老爸被逮後，我將獨自一人生活時，便不讓我走了。

我坐在警察局裡，一邊看著老爸搶劫的影片，一邊面無表情地瞪著被手銬銬在牆邊的老爸，除了我走進警察局時他抬頭看了我一

眼確認我已經到了之外，始終低著頭沒再看我一眼。做出這樣的事，他會覺得無顏面對我嗎？不會，他不想抬頭，是因為警察局裡有兩個脖子上掛著相機的記者。

「丁大榮是你什麼人？」其中一個記者指著老爸問我。

很多人都說我跟老爸長得很像，我自己也覺得我只是小一號的丁大榮。有一次老爸到學校找我，他只是站在走廊朝教室張望，就有同學大叫：「丁一丁，你爸爸找你。」不管我喜不喜歡，老爸的單眼皮、閃電眉還有倒三角形臉，我都得照單全收。我就不相信眼前這個記者看不出我和老爸長得有多麼相似。世界上最愛明知故問的人，應該就是記者吧！

我面無表情，不想理他。你的眼睛有問題，我幹麼要告訴你？

「他是不是你爸爸？」記者又問了一次。

我索性把頭轉開。

「看見自己的爸爸搶超商被錄下來還在電視上播放，你有什麼感覺？」記者不死心，又拋出問題。

我有什麼感覺？一個記者竟然問我有什麼感覺？真是白痴到了極點，想像一下那個搶劫的人是你老爸，你就知道是什麼感覺了。我發誓，我長大以後，絕對不當記者！我狠狠瞪了那名記者一眼，代替回答。

也許沒有人相信，我對於老爸搶劫這件事沒有太多感覺。我看著電視上的老爸，好像看著陌生人，一個跟我毫無關係的人。

第2章　還好，我還有媽媽

一直歪著頭的老爸終於抬起頭來對著我擠眉弄眼，看得我一頭霧水。

老爸裝出一副可憐兮兮的樣子，低聲下氣地對警察說：「警察大人，我今天所做的一切全都是為了我兒子。我失業找不到工作，沒錢養他讓他讀書，他已經三天沒吃飯了。」

我露出驚訝的表情看著老爸。

老爸繼續說：「為了讓孩子吃飽，我什麼事都願意做。」老爸真的紅了眼眶還擠出一滴眼淚來。

我真不敢相信自己的耳朵，我從來沒聽過老爸用如此憂傷的口

吻說話。我張口結舌瞪大眼睛看著他，老爸皺了一下眉頭，眨了幾下眼睛，示意我按照他的腳本演出。

如果我感覺憤怒、想嘔吐，那是因為無法忍受老爸裝可憐的孬種模樣。我發誓，我長大以後絕對不要跟老爸一樣。

我好想哭！我想著自己一個人該怎麼過日子，明天我又會在哪裡呢？我真的忍不住哭了。老爸以為我接收到他的暗示配合演出，他滿意極了，又轉頭懇求警察：「長官，求求你放了我，我的兒子很可憐，才十三歲，還需要我照顧。」

一個年輕警察聽到老爸這番話，又看到我流淚，帶著同情的表情走向我，彎下腰用溫柔的語調問我，是不是三天沒吃飯了？我說我晚上吃過便當，身上還有六百塊。錢哪裡來的？我說錢是媽媽給的。媽媽給我開了一個戶頭，每個月給我三千塊。

警察直起身子，瞪了一眼老爸，臉上同情的表情消失了。

老爸的謊言當場被我戳破，惱羞成怒地從椅子上彈跳起來：

「你這個不孝子，臭小子，你給我說清楚，你媽給你錢，居然瞞著我！你是不是我兒子？臭小子，踢死你，真是白養你了，臭小子。」

老爸，我是自己長大的，好嗎？

一個記者拿起相機對著我和老爸拍照，我趕緊別過臉去。

老爸對著我破口大罵，他的左手被銬在牆上的鐵架上，但是他仍然努力伸展著他的右手臂和他的右腳，恨我不幫他圓謊，他想踢我洩恨。如果，此刻他掙脫手銬，我肯定會被他一腳踹死。

「給我安分一點。你再裝嘛！別讓你兒子瞧不起你。」警察轉向我，問道：

「家裡還有什麼人？媽媽呢？」

「我可以一個人在家，我會照顧自己。」我還是不要打擾媽媽比較好。

「你爸爸是搶劫犯，會被收押。得有人照顧你才行。你把媽媽的電話給我。」

我只好寫下媽媽的電話交給警察，警察坐在位置上撥號。

「你們找那個女人沒有用啦！她跟人家跑了，生了一窩小老鼠，才不會要這個拖油瓶。我這麼辛苦把他養大，你們卻將他交給別人？哼，你們怎麼可以拆散我們父子？」

警察打完電話，走到老爸面前說：「拆散你們父子的是你自己。搶劫？很厲害嘛！」

「孩子是我養大的，我會繼續照顧他，只要你們放過我一馬，我發誓我以後會重新做人，認真工作，讓我兒子去讀大學。」

沒有人理會以及回應老爸的懺悔。

兩名警察邊拉邊拖著一個臉部受了擦傷的醉漢進入警局，想將他銬在老爸旁邊。醉漢掙脫開來，躺在地上打滾。

「我拜託你們，不要打電話叫我太太來，不要打電話啊！我什麼也沒做，什麼也沒做啊！我真的沒有摸那個人的屁股！」醉漢慌張地在地上一邊打滾一邊像個耍賴皮的孩子說著。

醉漢滾到我腳邊，撞到我的腳，我嚇得趕緊站起身，退了幾步，一臉震驚地看著在地上撒野的醉漢。

我發誓，我將來長大，絕對不要跟這個躺在地上的男人一樣，真是丟臉死了！

媽媽和阿昌叔叔走進警察局。老爸一見到媽媽便忿忿地從椅子上彈起來。

「臭查某，你終於可以稱心如意地帶走阿丁了。」

媽媽看也不看老爸一眼，直接走到我身邊，雙手放在我的肩膀上。我禮貌地朝阿昌叔叔點頭打招呼，他也朝我點點頭。

三歲的時候，爸媽離婚了，老爸為了餐桌上沒有配酒的小菜把老媽打得半死送進醫院。在眾多壓力之下，老爸以一紙離婚證書換回媽媽撤銷傷害告訴。老爸堅持要帶著我生活，以為這樣可以從媽媽那裡勒索一點金錢。有幾次媽媽偷偷把我帶走，卻又被老爸找回來，老爸又把媽媽打得半死，威脅媽媽想看兒子就得給錢。媽媽付了幾年的探視費給老爸後，決定不再付錢了。媽媽趁著一次帶我外出的機會，到銀行幫我辦了一個帳戶，每個月存入一筆錢。媽媽希望我能守住這個祕密，否則，她想照顧我的心意就會被老爸破壞殆盡。我一直守著這個祕密到現在。媽媽表面上完全失去音訊，只有我知道她在哪裡。

看見媽媽來，我真的很高興。當我需要她的時候，她就會出現，雖然她已經有了新的家庭，但是她從來沒有拋棄過我。上一次見到她是在一個月前，我和隔壁班的一個火爆小子打架，那小子在廁所揪起我的衣領，將手伸進我的褲口袋裡拿走裡頭的三百塊。我將頭用力撞向他的鼻子，把他的鼻樑撞斷了，紅色的鮮血沾滿了他的白制服。我告訴他，別惹我。我們被帶到校長室，我很高興學校聯絡不到我老爸，他那副德行只會給我丟臉。我給了他們媽媽的電話。沒多久媽媽來了，她堅持不付任何醫藥費，因為勒索事件是因，鼻樑受傷是果。最後，我們都被記了一個小過。我很喜歡媽媽，她不囉唆也不會嘮叨，可以用理溝通。她是個很棒的媽媽，而我只是個倒楣的孩子。

「阿丁，剛剛我和阿嬤講過電話了，我送你去東部阿嬤家，阿嬤會照顧你。」媽媽用很輕柔的聲音說。

我理解地點點頭，我不會為難媽媽的。她再婚後和阿昌叔叔的父母親住在一起，不方便接我一起住；阿昌叔叔看起來對她不錯，我還有兩個同母異父的弟弟。我不屬於那個家庭，我有自己的爸爸，雖然他是個爛人。

就這樣我又被送回這個悶蛋小鎮，因為阿嬤是這個世界上唯一可以收留我的親人。

第3章　敲擊鍋蓋的聲音

到站了。

我站起來拿下置物架上的背包。坐在斜對角的兩個頭髮花白的老先生也站起來，準備拿置物架上的皮箱。我見狀走上前想幫忙。其中一個老先生揮手表示不需要，並用宏亮且中氣十足的聲音說：

「你這個小朋友有前途，很好，很好。」

我注意到說話的這個老先生右眼眉角有一粒長著幾根黑毛的肉疣。他們提著行李走向車門，身形、動作一點也不像老人家。他們看起來真怪。

我走下火車，空蕩蕩的月台只有兩個老先生和我三個人。這個

偏僻的小鎮究竟有沒有住人哪！

我走向出口，將票遞給收票員後走出車站，一眼就看見阿嬤。雖然我們很多年沒見了，我仍然認得她。阿嬤戴著斗笠、彎駝著背，正在和車站旁賣名產的老闆娘說話。阿嬤看見我，笑開了臉朝我走過來。

我叫了聲：「阿嬤。」阿嬤笑呵呵地看著我。

阿嬤的腳邊跟著一隻黃色的短毛土狗。

「這隻是我們家的狗叫粉圓。」阿嬤說。

粉圓？好一個悶蛋名字。

「阿丁長這麼高大了，都快要認不出來了。走吧，我們回家。」

不遠處，那兩個老先生坐上一輛黑色汽車，駛離車站。

我跟在阿嬤身後，阿嬤雙手交叉放在背後緩慢地走著，她的背有點駝了。

雜貨店老闆娘對著阿嬤打招呼：「阿福嬸，你孫仔回來啦！」

「是啊是啊！我孫啦！」

「以後有人和你作伴啦！」

「是啊是啊！」

賣豬肉的老闆停下正剁著豬肉的手，對阿嬤說：「阿福嬸，你的孫仔長得這麼緣投（長得帥）。」

「是啊是啊！像他阿公。」阿嬤笑嘻嘻地說。

阿嬤的家位於鎮上的郊區，是一棟紅磚瓦平房，前面有個大庭院，瓦房右邊是菜園，左邊堆滿了收集回來的雜物、紙張、壞電扇、扁掉的籃球、破了個大洞的藤椅，還有幾輛破爛的腳踏車。我站在那堆層層疊疊的雜物前，心裡想著：這些東西能賣多少錢呢？

阿嬤好像一眼就看穿我的心事，她緩緩地說：「阿丁仔，你放心，阿嬤照顧你沒問題的。這些東西賣不賣錢不會影響我們的生活。它們看起來像廢物，但是，有一天你需要它們的時候，它們就會變成寶貝。」

晚上，我和阿嬤坐在餐桌，沉默地吃著飯。阿嬤夾了一隻大雞腿到我碗裡，說：「瘦成這樣，你那個老爸肯定沒有好好照顧你。你正在長大，吃多一點。」

大雞腿將整個碗口蓋住，我乾脆將雞腿握在手上啃著。

飯後阿嬤坐在客廳看電視，歪斜著身體打著瞌睡。我不明白，身體歪成這樣還能睡著？我好奇地學著阿嬤歪著身體，一點都不舒服嘛！

電視上演出八點檔鄉土大戲，男主角一臉病懨懨地說：「有一天我如果死了，你就再去找一個人陪你走完下半生。」女主角哭成大花臉：「不會的，你不會死的。」男主角捧起女主角的臉心疼地說：「傻瓜，有一天我們都會死的。」

女主角將頭搖得就要斷了：「不要，不要，別人會死，但是你不會死……」

阿嬤醒來，眨眨眼睛，看見電視演員哭成一團。

「發生什麼事了？他們為什麼哭？」阿嬤問。

「阿勇仔要死了。」我說。

「啊！阿勇仔生什麼病要死了？」阿嬤很驚訝。

「癌症。」我說。

「真可憐啊！兩個人好不容易在一起，阿勇仔竟然得癌症。」

阿嬤憂傷地說。

阿嬤看著看著，又打起瞌睡，身體又歪斜下去。

我洗完澡，在後院洗著自己的衣服，順便把阿嬤放在臉盆裡的衣服洗了。我將洗好的衣服晾掛在後院的屋簷下。

我的房間布置得很簡單，一張通鋪，掛著一張蚊帳，窗戶邊擺著一張看起來嶄新的書桌和新檯燈。應該是阿嬤特地為我買的。

我躺在床上，聽著隔壁房間阿嬤的鼾聲。

那鼾聲讓我的心好寧靜。

很小的時候，我曾經斷斷續續在這個悶蛋小鎮和阿嬤一起生活了三年，但是，我對那三年的生活沒什麼印象，唯一的記憶就是鍋蓋敲擊的聲音。一直到現在，睡夢中我偶而還是會在鍋蓋的敲擊聲中嚇醒。別人都需要工作，也都有工作，只有我老爸不需要工作，他只要有夠厚的臉皮和兩隻手和一丁點足夠敲響鍋蓋的力氣就可以活下去了。我記得這種事發生了很多次，老爸帶著我回東部小鎮探望阿嬤，我當時不知道為什麼，老爸和阿嬤一見面就吵架。我不能理解，既然這麼不開心就不要回來嘛！

老爸和阿嬤在客廳爭吵，我坐在一旁，害怕地低聲哭泣。

「我是你兒子呢，你怎麼可以這樣對我？」老爸憤怒地吼著。

「我是你老母呢，你又是怎樣對我的？我已經七十幾歲了，你不給錢我也沒找你要，你反而一而再、再而三地跟我要錢，我哪有錢給你啊！」阿嬤拉起我的手，往房間走去。「小丁仔，我們去睡覺，你要睡飽飽才會長得又高又壯。」

進房間前，我看見老爸氣急敗壞地在客廳踱步，眼神兇狠地瞪著阿嬤的房門。

到了半夜，我和阿嬤都睡著了，老爸拿著兩個鍋蓋在我們的頭

上用力敲打。我和阿嬤嚇得從床上跳起來，差一點就嚇死！巨大的噪音把鄰居全都吵醒了。他們穿著各式各樣的睡衣，站在阿嬤家的庭院罵成一團。

老爸繼續敲著鍋蓋。

我開始大哭，阿嬤一邊哄我一邊忍耐老爸的無理取鬧。

「你要不要給我？你給我錢我就讓你們睡覺。」死皮賴臉的老爸使出賤招逼阿嬤給他錢用。

「阿福嬸，你們家在做什麼啊！我們明天要上班哪！」

「拜託你們不要再敲了。」

「你們到底想怎樣？」

老爸聽到有人在外面叫囂，索性走到屋外，大敲特敲。阿嬤紅著眼眶下了床，慢慢地從床底下拖出一個鐵箱子，拿了一疊鈔票，走出房間。

「拿了這錢，你快走吧！」阿嬤紅著眼眶說。

卑鄙的老爸得逞了。

老爸停止敲鍋蓋，將鍋蓋扔到地上，一把搶過阿嬤手上的錢，數了一下。「你早早給我，就不用吵醒鄰居了嘛！」老爸轉身對鄰居說：「要怪就怪我媽，是她被逼我這樣做的。」

老爸走進客廳，拖著半睡半醒的我走出客廳。阿嬤見狀，拉住我對老爸說：

「你自己走，小丁仔我來照顧。」

老爸一把把我搶回去：「兒子是我的，我自己會照顧。」

「你就放了這個孩子吧！不要讓他跟你拖磨、變壞。」阿嬤哀求著。

最後老爸還是把我帶走了。三更半夜，我一路被拖著走一路睡覺，幾次摔倒在地上，老爸粗魯地把我拉起來，打了我幾巴掌要我醒過來。我大哭，老爸不理，繼續拖著我走向車站。我邊哭邊走邊打瞌睡，一頭撞上西藥店前垂掛的盆栽，我痛得大哭，坐在地上，不肯再走。失去耐性的老爸，看了我一眼後，自顧自地往前走，我見狀，一邊哭一邊追趕已經走遠的老爸。

現在，我已經長高也長壯了，我還是不能決定自己的位置，我被放到這個悶蛋小鎮，因為法律說我未成年。

悶蛋小鎮被夾擊在中央山脈和海岸山脈之間，隨便哪個山脈打個噴嚏，這個小鎮就會被吹到半天高。我常常搞不清楚哪一邊是海岸山脈哪一邊是中央山脈。管它的，總之這個悶蛋小鎮就像是兩隻大企鵝屁股下面孵的蛋。一個永遠孵不出什麼鬼來的悶蛋。

悶蛋小鎮以一個圓環為中心、劃開十字形成四條主要街道，街上一共有兩間銀行、兩間郵局、一間聞名全省的賣羊羹的店；其中一條路的盡頭是警察局，是個大路衝，大家都說警察局是陽剛又正氣的建築物，不怕路衝。值得一提的是，悶蛋小鎮上所有的小吃店都在賣悶蛋麵。據說，這種悶蛋麵只有這個小鎮才有，每逢假日，全世界的人就會湧到這個小鎮，就為了吃悶蛋麵。其中最有名的一家，排隊吃麵的隊伍會延伸到圓環，排隊排到圓環要兩百多個人才夠吧！

還有一間悶蛋中學，就是我接下來要就讀的中學。我到中學報到的那天，教務主任說，悶蛋中學有一個全省任何一間中學都沒有的特色，那就是全島只有這所國中被火車的鐵軌切割成兩半。

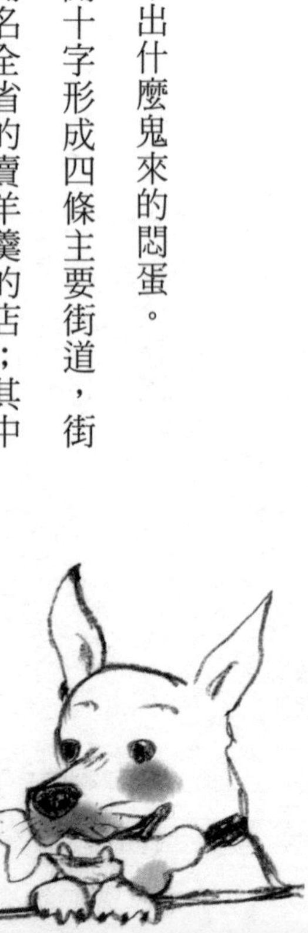

「不要懷疑，將來你離開校園到社會上打拚，這條鐵軌會變成你的鄉愁。」教務主任用肯定地語氣說。

我和這位教務主任同時笑了出來，他的笑帶著得意，我的笑則帶著嘲笑，真是超級悶蛋到笑死人，這樣也可以稱為特色！

這個教務主任的腦袋簡直是悶壞了！

第4章　璞玉的故事

早晨醒來的時候，發現阿嬤不在家。我坐在屋簷下的石階上，粉圓趴在我的腳邊。

「嘿，我說這是一個悶蛋小鎮，你同不同意？」我看著粉圓問。粉圓抬起牠的眼皮，看了我一眼，又垂下眼皮繼續打瞌睡。

「悶蛋小鎮，好過去流浪，是不是？」

我無聊地走到阿嬤收集回來的雜物堆前，仔細搜尋。我拉出一個扁扁的足球，看了一眼後，扔回去。再拉出一個電扇的葉片，再扔回去。

阿嬤牽著一輛舊舊的腳踏車走進庭院。

「慈濟資源回收站的阿坤仔知道我孫仔要上學，幫我組裝這台腳踏車。所有的零件都是我撿回來的。你看，派上用場的時候，每一個零件都是寶貝。」阿嬤說。

我看著腳踏車，臉上沒有任何表情。

阿嬤以為我不喜歡，不好意思地笑著說：「看起來是舊了一些，但是還可以騎，我看阿坤仔騎得很好。」阿嬤看著我，我依然面無表情。阿嬤的笑容僵在臉上：「如果你不喜歡，下午我們去買一台新的……」

「不是不喜歡，是——我不會騎腳踏車。」我很艱難地說。我怎麼可能會騎腳踏車呢？我那個老爸顧自己都來不及了，哪來的美國時間帶我去公園遛鞦韆、教我騎腳踏車？

阿嬤明白我並不是嫌棄她的腳踏車後，笑開了臉：「喔，原來你不會騎啊！呵呵，我以為你不喜歡呢！不會騎沒關係，我叫阿英教你。」阿嬤走進客廳打電話。

阿英是誰？

我從雜物堆裡拉出一顆破爛的棒球，丟給粉圓追咬，粉圓追球咬回來給我，我再丟，粉圓再咬回來。

一個皮膚有點黑的女生騎著一輛很酷的紅色腳踏車出現在庭院正中央。

「阿英喔，她是你表叔太太的姊姊的女兒，也就是你表嬸的外甥女。」阿嬤說。

這樣的關係誰弄得懂啊！

阿英露出燦爛的笑容望著我。

「阿英很會騎腳踏車喔。」阿嬤說。

全世界的小孩除了我之外，應該都很會騎腳踏車吧！叫一個女生來教我騎腳踏車？叫我的面子往哪裡掛？阿嬤太老了，完全不了解我們男生的心理。這個叫阿英的女生穿著一件藍色的薄襯衫，襯衫的袖子捲得高高的，雖然身材高瘦，臉卻圓圓的，短頭髮很自然地微捲著，看起來還算順眼。

「我自己可以學。」我冷冷地說。

「剛開始學騎腳踏車，如果有人幫你扶著後座，你會學得快一點。」阿英說。

「男生都沒有阿英騎得好。真的。她還會修車呢。」阿嬤補充一句：「她家開腳踏車店。」

原來如此。既然這樣，讓一個家裡開腳踏車店的女生教我騎腳踏車，就沒有丟臉的問題了，她一定騎得比其他任何人都好。

「你家開腳踏車店？」我明知故問。

「對呀！那又怎樣？」

「那就沒有關係。」

「什麼叫那就沒有關係？」

「沒有啦！我們開始吧！」

我開始練習騎腳踏車。阿英扶著後座，讓我可以保持平衡，只要阿英放手，我就摔倒。

一個年近四十皮膚黝黑的男人騎著單車經過家門口，他舉起手假裝在拉火車汽笛，嘴裡發出「嘟嘟」的聲音。我和阿英停下來朝那男子望去。

「那個人叫光華號，自以為是光華號特快車。」阿英說。

我盯著光華號，直到他在眼前消失。我覺得這個人真有意思。

我只花了一個下午，摔了十幾次車，就學會騎了。

我騎著阿嬤牌單車歪歪扭扭地在一條僻靜的小徑上前進著。小徑兩旁都是綠油油的稻田。阿英跟在我身後。我光裸的腿上有多處擦傷，左腳還有一條長長的擦痕。阿嬤牌單車不斷地發出唧唧歪歪的聲音。

阿英騎到我身邊說：「我知道你之前說的『那就沒有關係』是什麼意思了。」

「是什麼意思？」

「你覺得女生教你騎腳踏車讓你很沒面子。」

我沒有說話。

「對不對？然後，你知道我家開腳踏車店，認為我應該很會騎腳踏車，所以你覺得沒有關係，是不是這樣？」

「你覺得是這樣就是這樣。」這個阿英也太會心理分析了吧！

「你不要小看女生，我可是紅辣椒車隊大隊長耶！你要不要加入紅辣椒車隊？」

「我才剛剛學會騎車。而且我這輛爛車有資格加入你那個什麼辣椒車隊嗎？」

「紅辣椒啦！爛車有什麼關係？可以跑的單車都是好車。」

「紅辣椒車隊很有名嗎？」

「台九線上無人不知無人不曉。」

「為什麼叫紅辣椒？」

「我們隊員的單車一律都是紅色的。我們全力衝刺的時候，遠遠看去，就像一條火紅的辣椒在飛馳。」

果然有特色。

我的「阿嬤牌單車」全身都是鐵銹的顏色，不適合加入紅辣椒這麼新潮的車隊。

阿英和我騎上一座橋牆被塗成五顏六色的悶蛋大橋，站在橋上看著橋下瘦弱的溪水懶洋洋地流著，完全沒有溪流的磅礴氣勢，好像有個傻瓜在上游小便，形成一道小小的水流。

阿英指著遠處說：「那裡曾經有一塊白色的璞玉，很大很大一塊，後來被人偷走了。」

「多大一塊？」

「像一棟房子那麼大。」

「被偷去哪裡？」

「誰知道。」

「你看過那塊璞玉？」

「沒有，沒有人真的看過。」

「什麼璞玉，根本不存在的東西，怎麼可以說被偷走了？」

「一定有蛛絲馬跡留下來，這件事才會被記錄下來。」

「根本只是一個傳說。」

「你這個高雄來的自大鬼，憑什麼亂說？」

「我沒有亂說，本來就沒有證據。」

「不是每件事情都需要證據。大家都這樣說的時候，百分之六十五是真的。」

「那剩下的百分之三十五是什麼？」

「是神祕感，留給你們這種人質疑用的。」阿英氣呼呼地跨上車子騎走了。

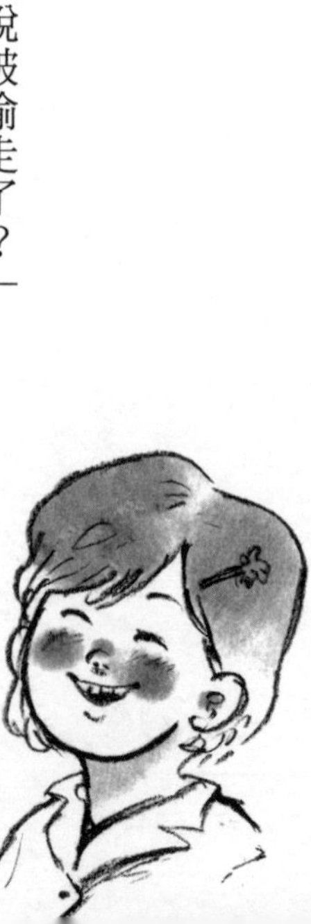

這個地球上任何一個國家都有經典的傳說故事，一顆在颱風天從山上滾下來的大石頭、一棵老樹、一個凹陷的山谷都會有神奇的傳說；甚至一無所有的溪床，都會冒出一個白色璞玉的故事。這些故事正顯示，地球是一個真正的大悶蛋，悶蛋裡藏著可笑的傳說故事；更悶蛋的是，大家都相信那是真的。

這個悶蛋小鎮要不是還有阿嬤、粉圓、悶蛋圓環、阿嬤牌單車、阿英和白色璞玉的傳說，簡直就無藥可救了。

第5章　光華號

我踩著一路發出唧唧歪歪交響樂的悶蛋腳踏車上學，有些學生經過我身邊時，會刻意轉頭看我一眼。我沒得選擇，阿嬤很辛苦，我不能再要求什麼。我早已經學會忽視別人的眼光，這全都要感謝我老爸，這幾年他帶給我的恥辱，讓我在內心築起一座堅固的堡壘，很多不堪的事情、很多敵視的輕蔑的目光，在我眼裡會自動被忽略。你會去在意或咒罵長在路邊的一棵全身都是尖刺的植物嗎？不會，你只會閃開，閃開就好。有人經歷很多事後會變得更堅強，有些人則會自暴自棄的加倍腐敗，如果有人因此慢慢壞掉，這不能怪別人，要怪自己。

阿英從後面追趕上來，和我並排騎著。我緊張地扭動把手。

「你不要靠我那麼近啦！」

我為了閃避阿英，摔車了。

「你幹麼那麼緊張啊！我只是想給你多一點訓練而已。」阿英一臉無辜地說。

我爬起來，牽起單車，跨過單車後再坐上去。

「你不要再靠過來喔，我的爛車撞上你的超炫單車，可沒有錢賠你。」

「不用你賠，我家單車多的是。」阿英看見我制服上繡的名字，好奇地問：

「欸，你為什麼叫丁一丁啊？好特別的名字喔！你爸爸真有創意。」

我懶得回答，專注地看著路面。

阿英和我一前一後地騎進車棚，車棚裡已經停了七成滿的單車。阿英用大鎖將她的車和我的車鎖在一起。

「擔心被偷啊！」

阿英氣定神閒地說：「一點都不擔心。」

「那幹麼要跟我的車鎖在一起？」

「我答應阿嬤要照顧你，當然也要照顧一下你的腳踏車囉！」

這說法也太悶蛋了吧！

上國文課的時候，北上南下的列車呼嘯而過，我們必須把窗戶關起來，才能阻隔火車造成的噪音。但是關起窗戶，教室裡的空氣不流通，沒多久又得把窗戶打開。

火車常常讓我分心，看著疾駛而過的列車，我想著也許長大以

後可以當火車駕駛員。我常常幻想，我駕駛的火車，有一天駛進一個寧靜又美麗的世界，我在那裡重新生活，只有我和阿嬤兩個人；我看見老爸在世界的邊緣，慌張地想進入我的王國，但是他進不來，不斷地跳腳咒罵我，沒有我的允許，他永遠也進不來。除非他發誓，絕對不在半夜敲鍋蓋。

我有一群悶蛋同學，一整天沒有人跟我說一句話，我也沒發出半點聲音。悶蛋小鎮的女生和男生都很悶蛋，女生會故意將頭髮剪得參差不齊，然後將頭髮散落在臉上，幾乎遮蓋住整張臉；男生故意不穿內衣並且將第一個鈕釦解開，裝酷，以為露出發育不全的蒼白胸膛和清晰可見的肋骨，就算是大人了。真是悶蛋到了極點。

國文老師在黑板上寫著：譬喻法。

「今天的作文我們來練習使用譬喻法。什麼是譬喻法呢？譬喻法就是，描寫一個事物或一件事的時候，用另一個更具體的事物來加強形容抽象的事物。現在我舉一個實際的例子來說明，如何把譬喻法用在作文裡。當我們要形容一個人走路很慢的時候，我們可以這樣說：他走路向來很慢，好像手上隨時都捧著一碗就要滿溢出來的湯碗一樣。這樣一來，就讓讀者有一個想像的畫面，立即可以了解，這個人走路究竟有多慢了。所以說啊！文章裡如果沒有譬喻的美學技巧，閱讀起來就像不甜的甘蔗，食之無味。」

一列北上的列車轟然經過，我往窗外望去。火車離去，我的視線回到黑板上。

沒多久一列火車南下，我又望出去。這一望，我看見光華號這個笨蛋，竟然騎腳踏車在追火車，他兩隻腳像風火輪那樣快速地踩著踏板，右手一邊假裝拉汽笛，嘴裡還發出嘟嘟嘟的聲音。光華號

是悶蛋小鎮裡唯一不悶蛋的人。

當我將頭重新轉向黑板時，正好迎上老師的目光，她見到我分心了。

「誰可以使用譬喻法，形容每天南來北往的火車？丁一丁，你看了好幾次火車，怎麼樣，有沒有靈感？要不要試試看？」

我站起來，看了一眼窗外，想了一下，說：「南下北上的列車像兩隻長長的蟲子，忙碌地追逐時間，片刻也不停歇。」

老師覺得有點意外，滿意地看著我點點頭。「對，這就是譬喻，忙碌的蟲子還帶有一種暗示，暗示坐在車裡為生活奔忙的乘客。很好，很成功的一個譬喻。」

我感覺到那些悶蛋同學看我的目光變得不一樣了。

下課的時候，幾個男生過來問我要不要打籃球？我說不想打。

我不太會打籃球，因為不斷搬家的緣故，我沒有什麼朋友，也就沒多少機會加入這種遊戲。我和同學都不熟，也不曉得要跟他們說什麼。

我可以一整天都不說話，也不會覺得寂寞，頂多愈來愈悶蛋。

我在高雄的時候，曾經有一個同學，我對他的印象比較深刻，他的個子比我高出一個頭，頭髮自然捲，看起來好像刻意去燙出來的。有一次，我們一起打掃校園，一條正在盪鞦韆的毛毛蟲就在他經過的時候，黏在他的額頭，這麼大個子的男生，竟然嚇哭了。我走過去，撿起地上的一根樹枝，將那條也受到驚嚇正往鼻子上爬的黑色毛毛蟲給挑掉。第二天，他沒有來上課。第三天，他多帶了一個便當給我，是他媽媽特別交代要謝謝我。我問他昨天怎麼沒來？他說他被毛毛蟲嚇到無法睡覺，去看了醫生。他連續三天都帶很豐

盛的便當給我，第三天，我請他不要再帶便當給我了，我很不習慣接受別人的東西。

我沒有跟任何人說這件事。不是為了要保護他不讓別人嘲笑什麼的，而是我覺得根本沒什麼好說的。有時候我也不明白，那些一下課就說個沒完的同學，究竟都在說些什麼呢？有一次，我刻意聽了一下，說刻意，是因為當我不想聽的時候，我就會忽略身邊的聲音。那兩個男生就說些在哪裡買了一件什麼褲子，星期天一起去哪裡打球、妹妹很煩之類的話。

都是一些蠢話，為什麼要說呢？

放學後，我走到停放單車的地方，阿嬤牌單車和阿英的單車又鎖在一起。阿英到底哪根神經打結，把她的車子和我的車子鎖在一起的意義在哪裡？如果小偷真想偷她的車，只要用一把鋼剪就可以把鎖剪斷。除非她認為世界上的小偷都是笨蛋，笨得認為要把兩輛車一起扛走太費事而放棄偷她的車。

等待的時候，我無聊地走來走去，然後欣賞阿英超炫的單車。我試試手煞車，摸著碳纖維車身，再看看自己的車子，簡直就是王子和乞丐。我拍拍阿嬤牌單車座墊，說：「阿嬤牌單車，粗勇、耐操、耐騎。」

十分鐘之後，阿英才出現，拿出鑰匙打開大鎖。我牽出自己的單車離開車棚，跨過單車，再慢慢地騎坐上去。

「只有女生會這樣子上車。你要練習左腳踩踏板，右腳在後面助跑，然後右腳往後抬高跨過後座，接著屁股坐上座墊。一氣呵成，帥。」

「我是新手。」

「所以才要練啊！我是你的教練，你這樣上車，我很沒面子，好像我很不會教一樣。」

「師傅領進門，修行在個人。我用什麼方式上車，根本和你無關。」我騎出校門。

才出校門就看見光華號，他騎著一輛老式的、只有在描述光復前後的電視劇裡才會出現的腳踏車，嘴裡不停發出火車行駛的聲音。他左手握著把手，右手做出排檔、拉汽笛的動作，自以為正在開火車，或者他想要當火車司機很久了，卻無法如願，於是就假裝自己是火車司機。光華號頂著一頭油亮髒汙的頭髮，長年穿著一件黑色夾克、咖啡色的卡其褲、一雙夾腳拖鞋。小鎮的人都說他精神有問題，也沒有人知道他真正的名字，都叫他光華號。小鎮上的大人小孩在悶蛋生活裡找到的一絲絲樂趣，就是逗弄光華號。他們會突然跑到他的面前張開雙臂擋下他的車子，發出平交道柵欄放下的「噹噹噹」的聲音，光華號也很配合地停下。有些小孩會拿石頭丟他，然後發出「匡噹」石頭砸在鐵皮上的聲音。光華號和那一群逗弄他的人，都是瘋子。光華號是火車，所有的平交道都是為他服務的，他不應該停下。

光華號特快車是自強號出現之前東部最快的車種，已經停駛很多年了；但是，另一列光華號卻在小鎮繼續穿梭。

有一次，放學的時候，光華號的單車和我的單車撞在一起，他看起來很生氣，嘴裡直嚷著：「看見火車，要讓火車先過。」接著他開始指揮現場：「火車落馬，火車落馬，大家下車，大家下車。」

光華號處理好車禍現場後，拉起他的單車，繼續行駛。我也拉

起單車，一路跟著，我想知道他的終點在哪裡。他穿梭在小鎮上的每一條路，看起來並沒有要去哪裡，只是在路上繞來繞去。他不停地假裝拉動火車的汽笛，同時嘟著嘴發出「嘟嘟嘟」的鳴笛聲音。天漸漸黑了，我打算放棄的時候，他停車了，擋下我的車，對我說：「你坐了一整天的車，都沒有付錢，現在你要付錢請司機吃飯。」

我以為光華號是個瘋子，他可一點都不瘋哪！

「我沒有坐你的車，我開著自己的火車跟在你後面而已。」我存心玩他，卻發現自己和他一樣是一個瘋子。

「你神經病，你那是腳踏車。」

我笑著問：「為什麼你的就是火車，我的卻是腳踏車？」

「你要請司機吃飯。」

我真的請光華號吃了一碗悶蛋麵。那也是我第一次吃悶蛋麵，的確和高雄的湯麵很不一樣。如果一定要說這兩種麵有什麼不同，就像是兩個女生，一個化了淡妝塗了口紅，一個瞇瞇眼還清湯掛麵，這一比較，你就知道誰比較美麗了。

從那次以後，只要光華號在路上遇見我，都會刻意停下來，問我要不要成為他加掛的車廂。有時候，我會跟在他車後繞著小鎮騎個幾圈，然後請他吃碗麵；有時候，我不想和他一起瘋，就說火車壞掉了。

這天，回到家，在悶蛋小鎮派出所擔任所長的表叔提著禮盒來家裡看阿嬤。他一見到我，就劈里啪啦地數落老爸：「你那個老爸，實在是了然啦！最好是關一輩子都不要放出來。去年他騙了我十萬塊，說什麼他兒子心臟有問題要開刀，需要錢救命。」表叔走到我面前拍了拍我的胸口，忿忿地說：「你的心臟看起來比台灣黑熊還

強壯。」

可憐的表叔，可憐的老爸，可憐的我！

表叔先是罵了老爸幾句，接著開始抱怨：「你不要以為當派出所的所長很威風，鬼啦！我都想不透，為什麼我的派出所要接收考績被降成Y等的警員？」表叔看起來煩惱極了，看來他的屬下給他帶來不少的麻煩。

「他們整天喝酒，喝得醉醺醺的，每天上班就看見他們醉倒在辦公室，我真的很想寫信給總統，為什麼這些素行不良的公務員，通通要塞給我們後山？為什麼？為什麼？」

表叔激動得連唾沫都飛濺到我身上。

原來表叔的工作就是管理他醉醺醺的部屬，看好他們不要酒後闖禍就行了，因為悶蛋小鎮的居民根本悶到沒有人有犯罪的意圖。

調到這裡剛好修身養性，要不，就是用無聊的悶蛋生活做為懲罰。

我看著表叔，心裡冒出一個超級大問號，你為什麼會在這裡？你的考績也是Ｙ等嗎？

表叔不愧是警察，立即從我的眼神中接收到疑惑的訊息。

「怎麼？你以為我也是因為考績Ｙ等才來到這裡的嗎？我是這裡土生土長的，在這裡當警察是我的第一志願，你不要懷疑，我是年年甲等才坐上這個位置的。」表叔換一個姿勢後繼續激動地說：「也不是每一個人都是考績Ｙ等啦！也有一些是這裡出生長大，最後決定留下來為鄉親服務。」表叔慷慨激昂地說著。

我當然知道沒有什麼事情是絕對的。

「不要說人啦！就連西部淘汰的車廂都送到我們後山，我們是收破爛的嗎？」表叔看了一眼阿嬤，意識到自己說錯話了，因為阿

嬤除了種菜之外就是收破爛的。

可憐的專收二手貨的悶蛋小鎮！

「那是以前啦，現在普悠瑪來了。全新的很漂亮的火車喲！」阿嬤面帶微笑緩緩地說。

「哼，現在才對我們好啦！你看那太魯閣號，還不是只開到花蓮。」表叔依然忿忿不平。

「現在這樣很好了，我們要知足。」阿嬤說。

關於火車的什麼話題我根本搭不上一句，管他什麼自強號、太魯閣號和現在的普悠瑪號，要不要停悶蛋小鎮，我壓根兒沒什麼意見。

表叔發現他的言論沒有得到阿嬤的支持，於是轉移了話題，他臉色凝重地看著我說：「我看得出來，你一點也不像你老爸。你千萬不要像你老爸。我看過太多這種社會敗類，你千萬不要像他。」

可憐的被歸類在敗類等級的老爸！

我發誓，絕對絕對絕對不要像他那樣。

這個悶蛋小鎮要不是還有阿嬤、粉圓、悶蛋圓環、阿嬤牌單車、阿英、白色璞玉的傳說和光華號，簡直就像沙漠一樣荒涼。

第6章　沙漠中的一朵美麗小花

進入悶蛋中學第一百天的上午，我在走廊上和一個有著深深酒窩的女孩錯身而過，當我回過神來那瞬間，我看見沒有顏色的灰色調悶蛋小鎮，瞬間長滿綠樹，開出萬紫千紅的花朵，如果你曾經誤闖陶淵明筆下的桃花源，你眼睛所看到的必定是眼前這片風景。我青澀生命裡的第一朵愛情花苞悄悄綻放開來，散發著愛情清甜的芳香。從此，那枚酒窩深深嵌入了我的心窩。

她是隔壁班的同學，瓜子臉，一對單眼皮鳳眼，一張小巧的嘴，身上散發著淡淡的香氣；為什麼今天以前的九十九個日子我都沒見過她呢？我想我的雙眼肯定被悶蛋小鎮的風沙給蒙蔽了，才會看不

見這麼清新美麗的女生。

如果悶蛋小鎮是一部黑白的電影，那個女生肯定是這部黑白片裡唯一彩色的女主角。

看見她的那一天開始，上學這件事終於有一點點吸引我了。放學的時候，我站在車棚等阿英，她又把車子和我的車子鎖在一起，今天一定要告訴她，請她不要再這樣做了，我哪來那麼多美國時間等她？

等了二十分鐘，頭頂氣到快冒煙了，阿英才慢吞吞地出現。阿英和一個女生出現在車棚的另一端。那個女生——不就是她嗎？我忘了生氣，整個人緊張起來，原來阿英認識她呀！要不要請阿英介紹呢？還是不要好了，阿英會拿這件事取笑我一輩子。如果等會兒她和阿英一起走過來，要跟她說什麼呢？我的心一陣撲通亂跳。

阿英和她說了幾句話後，兩人揮手道別。阿英朝我走來，那個女生遇見另一個同學，站在原地說起話來。

「你的臉幹麼那麼紅啊？」阿英蹲下身去開鎖。

「哪有。」有嗎？我有臉紅嗎？

「只是晚一點點你也不用一副氣到快爆炸的樣子。」

「如果你要鎖我的車，就要替別人想一下。」我拉出車子，假裝生氣地說。我的眼角餘光瞄到她正往我們這裡看。於是我學著阿英上車的姿勢，在窄小的通道上，左腳踩著踏板，右腳蹬著步伐助跑，車子往前滑行後我跨騎上車。看起來好像很容易，沒想到我的右腳鞋尖勾到後座，連人帶車在窄小的車道上劈里啪啦地摔了一個狗吃屎。

「你在幹麼呀！這個姿勢要練習，你到底有沒有練習啊！」阿

英一邊扶我起來一邊碎碎唸：「你哪根筋不對勁啊！沒事發什麼脾氣啊！」

她和她的同學停止說話，看著我狼狽地爬起來。

糗斃了！

我牽起車子，走出車棚，走出這些人的視線後才騎上車。

我要什麼威風啊！真是笨蛋。都是阿英，她說我上車的姿勢像一個女生。我怎麼可以在她面前表現得像個女生？結果呢？我狼狽的像一隻沒用的摔跤狗熊。

我騎著單車進入庭院，沒有立即下車，我繞著庭院兜圈子。粉圓好奇地看著

我開始練習左腳踩著踏板，右腳助跑後抬高跨過後座，右腳依然抬得不夠高又勾到後座，狠狠摔倒在地，手腳又多了幾處擦傷。

我爬起來繼續練習，沒有我學不會的技術。

試了好幾次之後，我終於學會了。竅門就在右腳高度的拿捏。

吃過晚飯，我還繼續練習，我希望把姿勢練到完美、流暢，一定要把失去的顏面給要回來。

洗完澡，我坐在客廳用紅藥水擦傷口。

「好端端的，怎麼會摔成這樣？」阿嬤關心地問。

「阿英說我騎車的樣子像女生，所以我要練習用男生的方式騎車。」我說。

「你才剛學會騎車啊！」

「沒關係的，阿嬤，我已經學會了。」

「不就是騎車嘛！哪有分女生還是男生。」阿嬤不明白。

新聞又在播報兩名殺警逃犯的新聞。阿匪的老媽媽頂著一頭銀

白的頭髮，紅著眼眶用哽咽的聲音勸兒子出來投案，不要再做傷天害理的事。

我和阿嬤沉默地看著這則新聞，也許我們心裡想到的都是同一個人——她的兒子，我的父親。但願我們不會有這麼一天，莫名其妙被逼著出現在電視，公開承認自己有一個混蛋家人。用親情呼喚通緝犯家人出來投案，這個點子也真夠蠢的。這個阿匪如果有一點點在意他的老媽媽，就不會去作奸犯科讓她丟臉了。

老爸現在好嗎？對我和阿嬤而言，肯定是好的，這是這許多年來，我們第一次明確知道他在哪裡，在哪裡可以找到他。待在那裡的每一個人都安安分分的，什麼花招也玩不出來。

我一點也不了解老爸，我們平常也沒什麼話好講。他待在家裡的時候，不是一直在睡覺，就是在看電視。我們面對面吃便當的時候，也無話可說。也許這是我們很獨特的相處模式，知道彼此的存在，就好了。

我不知道老爸是怎麼想的，怎麼會笨到去搶超商？他憑什麼認為自己不會被逮到？他有輕功還是有飛毛腿，要不就是錯以為自己可以隱形？每一條街道巷弄都安裝了一百台的監視器，你根本無處可逃。

有些人的腦袋就是塞滿了糨糊。這就是結論。

第二天，雖然我全身都是淤青，但是之前的苦練終於沒有白費。牽出單車後，我右腳往後助跑兩下，然後伸直、抬高，接著劃出一個優美的弧線跨過後座，臀部立即坐上坐墊，整個動作瀟灑又流暢。希望今天有機會在她面前表演，讓她知道，昨天那狗吃屎的一摔只是一個失誤。

阿英像昨天那樣追上來，騎在我身旁，故意對我逼車，我俐落地閃開，還故意將右腳劃過後座在地上蹬兩下後，再跨回去。

「喔，進步了。帥喔。」

我看了一眼阿英，給了一個似笑非笑的微笑。

「昨天不睡覺，偷偷練習喔！」

「我幹麼要偷偷練習？」打死都不承認。

我們一起騎進校園車棚，阿英停在我旁邊，拿出她的大鎖用眼神問我：可以嗎？

「如果你認為我的阿嬤牌單車可以發揮任何保護作用，你就鎖吧！」

「昨天還氣呼呼的，今天怎麼就變了？」阿英將大鎖扣在我的後車輪上。

如果，因為這個鎖，可以和她靠得更近一點，再加一百個鎖也無所謂。

她到底叫什麼名字呢？有幾次我幾乎忍不住要問阿英了，但總是在最後一秒把問話嚥了回去。打聽一個名字有那麼難嗎？我就不相信，在這個悶蛋小鎮還有我辦不到的事。

第7章　自強號不想停悶蛋小鎮

星期天一早，我剛剛醒來走出客廳，阿嬤正要出門，她說要去火車站，問我要不要一起去？

「去火車站做什麼？」

「去抗議啊！去台北的3303班次自強號以後都不再停靠小鎮，想直接從台東開往花蓮。民意代表在火車站號召所有鎮民簽名連署，抗議鐵路局忽視鎮民搭車的權利，想孤立小鎮，加速小鎮沒落。」阿嬤有點激動地說著。

「我不去。」我說。火車不想停靠悶蛋小鎮，一定有他的理由。

「一定要去呀！你住在這裡，以後要去台北才有火車坐呀！」

阿嬤硬是拉著我往火車站走。粉圓也跟在我們後面湊熱鬧。

悶蛋小鎮的居民這幾年爭相逃離，剩下來的人都像樹一樣種在小鎮上，誰還要搭車北上呢？

阿嬤曾經說，小鎮最熱鬧的時候，有三家電影院，住在池上、富里的人都來鎮上看電影，每當過年的時候，整個小鎮擠滿了人，熱鬧非凡。真難想像這個小鎮曾經這麼繁華。如今，這可憐的悶蛋小鎮，從一個青春美麗的少女，變成一個滿臉風霜的孤獨老婦，就連自強號也不願多看一眼，無情地拂袖而去！

遺落了繁華記憶的悶蛋小鎮，真叫人辛酸哪！

好吧！就去簽名連署，希望有一天當我長大也想逃離悶蛋小鎮的時候，還可以搭上3303班次自強號列車離開。阿嬤幾百年也難得搭一次火車，一列自強號列車不停站對她有影響嗎？這就好像魚飼料突然大漲，養狗的人也跟著去抗議一樣。但是，我沒有問她，阿嬤做任何事一定有她的理由，也許她很愛這個小鎮，一點也不覺得悶蛋。

抵達火車站時，連署布條上已經有一百多人簽名了。我寫下我的名字。阿嬤寫得很慢，她不識字，只會寫自己的名字。阿嬤一筆一畫地寫下丁黃阿桃。看著阿嬤認真的表情，我忽然感動起來並且對她充滿了敬意。一列火車停不停，和她沒有多大關係，卻和小鎮的榮辱有關。火車怎麼可以不停靠小鎮呢？不管我們搭不搭車，火車無論如何都得靠站的，有一天我們需要搭這列火車的時候，自然就會上車。簽下名字的鎮民覺得受傷，因為火車背叛了他們，他們為了捍衛小鎮的尊嚴，忿忿地簽下名字。

阿嬤愛她的小鎮，其他人也一樣。

我和阿嬤正要離開的時候，隔壁班那個女生和她媽媽剛剛到，她和她的媽媽長得好像呀！那對單眼皮鳳眼，簡直就是一個模子印出來的。她們走上台階，走到桌子旁，我刻意站在桌旁瀏覽桌上的簽名，一邊看著她簽下「華小芬」三個字。

原來她叫華小芬啊！她寫的字真好看。

我很高興跟著阿嬤到火車站來。

華小芬沒有抬頭看我，但是，沒關係，我已經知道她的名字了。如果我想寄出一封信，總得寫名字在信封上，我不費吹灰之力就拿到她的名字了。這都要感謝阿嬤。

「你在笑什麼？」阿嬤忽然問我。

「有嗎？我有在笑嗎？」我以為自己笑在心裡。

「我明明看到你在笑，你看，你現在的表情也在還笑。」阿嬤也跟著微笑起來：「什麼事這麼好笑？」

「沒什麼啦！只是想到一件好笑的事。」

你注意到一個女生，想和她靠近，看見她就有一種歡喜的感覺，然後你就會想微笑。這些事很難跟阿嬤說明白吧！

經過協天宮的時候，廟前廣場正在搭棚架。阿嬤說下午會有歌仔戲表演，問我要不要一起過來看？我說好啊，我想看。

我和阿嬤用很慢的速度穿越小鎮，因為得配合阿嬤的腳程，阿嬤的膝蓋因為退化的緣故，走不快也不耐走，走著走著，她就得停下來休息一下。走得這麼辛苦還堅持要去簽名連署，如果自強號還是堅持不停，就真的太對不起阿嬤了。

我覺得也許可以跟阿嬤說些什麼，轉移她膝蓋的不適。

「阿嬤，你知道大橋下面那條溪的溪谷曾經出現過一塊白色的

璞玉嗎？」

「知道啊！鎮上每個人都知道。」

「那塊石頭有多大？」

「像圓環那麼大。」

「你看過嗎？」

「沒看過。我知道的時候已經被偷走了。」

「偷去了哪裡？」

「聽說做成了二萬個手環，賣掉了。」

「這是真的嗎？」

「大家都這樣說，應該是真的。」

「喔！」

阿嬤那麼老了都沒見過那塊璞玉，傳說肯定就只是傳說罷了。

但是，阿嬤沒親眼見過卻又認為是真的，又該怎麼解釋呢？到底是誰那麼天才，「看見」或「發現」或「想像」那空無一物的溪床裡有這麼一塊神奇的璞玉呢？

才剛回到家，阿英就打電話來，問我要不要一起去南安瀑布，然後再騎到瓦拉米步道的登山口，從登山口一路衝下山很過癮的。我說我要和阿嬤去看歌仔戲。阿英大笑而且聽得出來她笑到氣都喘不過來。

「男生居然愛看那些不知道在唱什麼的歌仔戲？真是笑死我了，你的樣子根本不像會看歌仔戲的男生呀！」阿英繼續笑著。

笑吧！我不會告訴她，我想看的並不是歌仔戲，是別的東西。

吃過午飯，阿嬤睡了午覺醒來，我們就走路去看戲。

今天劇團演出的戲碼是「狸貓換太子」。

台下看戲的觀眾一眼看去，不到三十個人，怎麼會這麼少呢？

「狸貓換太子」的故事說的是，有個看起來很悲慘的女人攔下包青天的轎子申冤，說她其實是當今皇帝的親生母親。當年宋真宗膝下無子，兩個妃子劉妃和李妃同時懷孕，皇帝於是告訴她們，誰先生下太子就會被封為皇后。結果，李妃生下了男嬰，生下女嬰的劉妃心有不甘，就差遣太監郭槐用一隻剝了皮的狸貓將太子換過來，還跟皇帝報告說李妃生了一隻妖怪，於是李妃就被囚禁，後來被宮女寇珠救出來……

老套的故事。這個皇帝看起來根本就是個無能的笨蛋，生孩子可以比賽的嗎？簡直是在鬼扯！只有笨蛋和奸詐的人才會故意讓兩個女人進行生孩子比賽。

我的情緒焦躁起來，根本無法再專心看戲，我朝四周張望，我在等一輛載著妙齡女子的黑色箱型車。戲都演了一大半了，那些人怎麼都還沒來？我已經準備好了，等會兒我也許可以練習不把眼睛閉起來，至少可以睜一隻眼閉一隻眼。

但是，戲都快演完了，包青天要告訴皇帝她的生母其實是李妃了，卻還不見那些人出來。我失望極了。

我第一次看歌仔戲是在兩年前，老爸興沖沖地騎著摩托車載我到海邊的某一間廟，廟前廣場擠了滿滿的人，等著看戲。我後來才知道，為什麼那麼多人愛看歌仔戲，老爸又為什麼要大老遠跑到這裡看戲。並不是因為大家都熱愛傳統戲劇，是因為戲演到一半的時候，開來一輛黑色箱型車，走下幾個面貌姣好的妙齡女子，她們穿越人群走到後台。沒多久，台上的演員突然往布幕兩側的出入口撤退，換上那幾個妙齡女子，連音樂也換成搖滾音樂。三個年輕女孩

站在戲台上開始跳起舞來，她們跳的舞很簡單，只是隨著音樂的節奏搖擺著身體；接著，她們開始脫衣服，一件一件慢慢地脫，脫到最後只剩下內衣褲。我緊張得用手把眼睛矇起來，我不敢看了，我臉紅了。但是，老爸卻硬是把我的手給拉下來。

「快看，脫光光了。」

我瞄了一眼後，趕緊把眼睛給閉上。沒有穿衣服的女生刺眼得像正午的大太陽，令我無法直視。

一直到鑼鼓再一次響起，我才睜開眼睛，演員重新回到舞台，繼續剛剛的劇情。我的眼睛因為緊閉的關係，又痠又痛。

「我怎麼會有這麼沒用的兒子。幾百年也看不到一次的好戲，你就這樣錯過了。浪費了這麼好的機會教育。」老爸不滿地敲了我的腦袋：「不然你以為我大老遠騎車到這裡是自己要看的嗎？」

明明就是自己要看的。

我忽然有點想念老爸。

我看了阿嬤一眼，她看戲看得好專心，一副樂在其中的模樣。

光華號也出現在戲台上，他表情認真地顧前看後，還從台上撿起一片垃圾丟到台下去，好像他是劇團裡的工作人員。劇團任由光華號在台上走來走去，沒有人趕他；台下的觀眾包容他，因為他已經是悶蛋小鎮的一個活動布景。熱鬧的悲傷的忙碌的場合見不到光華號，那才真是一件奇怪的事。

戲演完了，沒有箱型車、沒有刺眼的一絲不掛的妙齡女子。兩年過去了，我已經長大了，有自信可以迎向那刺眼炫目的烈陽，陽光卻偏偏不來了。如果沒有這一點點的期待，我幹麼站在戲台下聽那些不知道唱什麼的歌仔戲呀！早知道就去看悶蛋瀑布，或者去走

一走悶蛋吊橋，都比待在戲棚下看得脖子發緊來得有意思。

真是悶蛋。

悶蛋小鎮連神明都悶蛋到不行。

這個悶蛋小鎮要不是還有阿嬤、粉圓、悶蛋圓環、阿嬤牌單車、阿英、白色璞玉的傳說、光華號、華小芬和3303號自強號列車，就算被風沙埋掉也一點都不可惜。

第8章　戰帖

放學了，我來到車棚，走到停放單車的位置，早上阿英用來鎖車的大鎖被剪斷，阿英的車被偷走了！我緊張起來，朝四周張望，希望阿英快點出現。

阿英和華小芬遠遠地朝車棚走來。我看見華小芬，不知所措地站在原地，不知道該用什麼表情面對她。當她們走到我面前，我似笑非笑地瞄著華小芬。

我對著阿英說：「你的車子被偷走了。大鎖被剪斷。」

阿英只是喔了一聲，一點也看不出遺失車子的焦慮以及憤怒。

「你的單車被偷了？你一點也不緊張？」我不解地問。

阿英一派輕鬆地說：「你忘記我家是開腳踏車店的嗎？」

「你家開腳踏車店，腳踏車多到被偷走一輛也不算什麼？」

「我才沒有這麼敗家。我的車子裝了衛星定位追蹤器。」

「衛星定位追蹤器？」我很驚訝，連單車都裝了衛星定位！阿英的日子也過得太爽了吧！

「車子剛剛被偷，我們趕快回家找出車子現在的位置。」

我看著華小芬說：「那我先走了。」

阿英把我叫住：「欸，我好歹也是你的教練，你怎麼——」

「你們不是要去找車嗎？」我說。

「查出車子的位置，我們要去揪出小偷啊！你是想讓我一個人去啊？」

我又看了華小芬一眼。她的視線一直停留在阿英身上，偶爾才看我一眼。

我指著華小芬問：「她也要一起去嗎？」

「華小芬要回家。我們兩個去。」

「喔。」我失望極了。

我們三個人一起離開車棚，華小芬往左邊騎去，我載著阿英往右邊走。

我們來到阿英家的腳踏車店門口，停妥車子後，阿英帶著我進入屋裡，阿英的父親正在修車。

「車子被偷走了。」阿英簡潔地說了一句。

「又被偷啦！」阿英的父親也一派輕鬆地回應。他們好像很有把握可以把車子找回來。阿英簡單介紹我是阿福阿嬤的孫子，我和阿英的父親很客套地隨便點了點頭，算是打招呼了。

來到二樓的小客廳，阿英打開電腦，打開接收器。

一張地圖彈出畫面，一個閃爍的紅點停在地圖某個角落。

「我的腳踏車在這裡，要趁它還沒被解體前找到它。」

「源城國小，這個地方在哪裡啊？」

「在水源地那裡，有一點遠，如果我們現在出發，騎快一點，二十分鐘可以到。」

阿英打開抽屜，拿出一個掌上型電腦，打開。

這傢伙奇怪的玩意兒還真多。

「腳踏車沒有移動。如果它移動了，也不用擔心，我們還是可以追蹤到。」

我們下樓，阿英拉出一輛變速車推到我面前。

「幹什麼？」

「你騎這輛車快一點。」

我拒絕接受，走向自己的車：「我的阿嬤牌單車可快可慢，上山下海，一點也難不到它。車子跑得快，跟品牌沒有半點關係。」

「那跟什麼有關係？」

「虧你家還是開腳踏車店的，連這點都不知道。當然是跟人的腳力有關。」

「好車讓你的腳不用費力，爛車讓你的腳精疲力盡，我知道的就是這個道理。」

「等一下，我跟你們一起去。」阿英的父親拿著一塊抹布邊擦手邊說。

「老爸，不用啦！偷車的都是一些毛頭小子，我和阿丁就可以應付了。」

「你們要小心一點，有什麼事打電話回來。」
「樓上電腦開著，你可以透過追蹤器追蹤我們行蹤。」
阿英的父親朝我們揮揮手：「快去快回，天要黑了。」
阿英跨上單車，一下子就騎上馬路，一副挑戰我的模樣。我也跨上單車，跟在阿英身後。
騎出小鎮中心，道路兩旁都是稻田，阿英和我一前一後往源城的方向騎著。
我為了不想示弱，咬牙賣力地跟上阿英。車子發出的雜音一路伴隨著我們。
阿英輕鬆地騎上斜坡，抵達水源橋頭。
為了應證自己說過車子是靠腳力來發動的，所以我咬著牙拚命地踩著踏板，只差阿英幾秒鐘抵達橋頭。我汗流浹背，氣喘吁吁。

心裡不得不同意阿英說的「好車讓你的腳不用費力，爛車讓你的腳精疲力盡」的論調。

過了橋，我們騎進源城國小操場。

操場上有四男兩女，六個人穿著三民國中的制服或坐或站的在鞦韆架旁，旁邊擺著六輛單車。其中一輛正是阿英的紅辣椒一號。

「我知道他們是誰了。」阿英說。

「他們是誰？」

「他們是三民國中的單車隊。那個高個子名叫楊正，是三民國中單車隊的隊長，那個矮壯的男生叫小七，是副隊長。捲髮的女生叫莊志芳，也是副隊長。其他三個人是阿南、小球和排骨，都是副隊長。」

真是悶蛋，有必要大家都是副隊長嗎？那麼多副隊長，一點都

不值錢了。

我和阿英並排騎到六人面前。正要說什麼，叫楊正的高個子首先站出來。

「你果然來了。我就知道只要騎走你的車，就可以把你引出來。不好意思，用這樣的方式邀請你來。如果我有你的電話號碼，就不會這樣做了。」高個子笑著說。偷人家的單車，還笑得這麼開心，怪咖。

阿英生氣地說：「你們故意偷走我的車，引誘我過來？」

「說偷就太難聽，我們知道你的紅辣椒有衛星追蹤器，所以才暫時借用你的單車，和你見個面。現在單車可以還給你了。」捲髮的莊志芳將紅辣椒牽到阿英面前：「你檢查一下，絲毫未損。一點漆都沒掉。」

站在學校車棚裡等人不是更快，幹麼要這樣大費周章偷走車子，還騎到這個偏僻山腳下的小學來談判？他們一定以為這樣很帥。帥個頭啦！根本就是大悶蛋，如果我們帶著警察來，這些人現在就等著被抓吧。

阿英接過單車，用眼睛掃瞄了一下車身：「你們這樣做是為了什麼？」

「我們正式向紅辣椒車隊提出挑戰。」楊正相當認真地說。

阿英笑了出來：「哈哈，想挑戰？在這裡？這個操場？」

「當然不是。是赤科山。我們一隊六個人，以接力的方式騎上赤科山。」理平頭的小七補充說明。

「赤科山是什麼地方？」我問阿英。

「赤科山在觀音，海拔八百公尺，每年七月到九月是金針花開

的季節，整片山頭都是橘黃色的金針花，非常漂亮。是很有名的地方。」阿英說：「從觀音進入，一路都是上坡，挑戰難度破表。」

「他是誰啊！怎麼連赤科山都不知道。」莊志芳看著我問。

「他叫丁一丁，剛從高雄轉學過來，他表叔是我姨丈。」

聽到我的名字，三民單車隊的成員全都笑了出來。

笑吧！我無所謂。

「怎麼樣？接不接受挑戰？」楊正又問了一次。

「我代表紅辣椒車隊接受戰帖。」阿英表情冷酷地說。

「好，就訂在七月十五日，風雨無阻。」楊正看起來很高興。

「風雨無阻。」阿英調轉車頭，示意可以離開了。

「欸，你不要你的紅辣椒了嗎？」楊正叫住阿英。

阿英轉頭，用下巴朝紅辣椒點了點：「她怎麼來的，就怎麼回去。不過學校現在應該已經關門了，你們就將紅辣椒送到店裡好了，記住，紅辣椒得毫髮無傷。對了，那條剪斷的大鎖，我就不跟你們計較了。下次最好不要再這樣做了。」

我和阿英並排騎車離開操場。

我看著阿英，覺得她超酷的，是整個小鎮除了光華號之外另一個不那麼悶蛋的人。

騎過水源橋後，兩輛車一起滑下長長的斜坡。

我們騎在兩旁都是稻田的路上，橘紅的夕陽餘暉染紅了稻田。

「我希望你能加入我們紅辣椒，並且參加赤科山大賽。」

「我不要，我的爛車會拖累你們。」

「是誰說車子能跑跟品牌沒關係，跟腳力有關。怎麼？你的腳已經不行了？」

「沒錯，我是說過。但是我的腳力是要用來前進的，不是用來休閒的。浪費我的力氣。」

「沒見過比你更固執的人。」阿英下了結論。

踩著阿嬤牌單車騎上一個小長坡，我和車子差一點就解體了，如果連續上坡一路騎到八百公尺的山頂，我還能活著回去嗎？絕不加入單車隊。幹麼自討苦吃！

晚上，吃過飯後，電視正在播映八點檔連續劇。

阿嬤身體斜斜地倒向右邊。粉圓在客廳繞了一圈後，選定我腳邊的位置，趴在我的拖鞋上睡了。我因為騎車騎得太累，也開始打起瞌睡，我的身體也朝右邊歪倒。後來我醒來，才發現一屋子的人和狗都睡翻了。

第9章　我的囝蛋戀愛

星期五國文課，我忘了帶課本，阿英到隔壁班幫我借了一本。

我簡直不敢相信自己的好運，課本封底左下角寫著華小芬三個字！那堂課，我彷彿置身在天堂！我輕輕撫摸課本上寫的筆記，華小芬娟秀乾淨的字跡像姿態優美的小草，隨著我輕微的呼吸曼妙地搖擺舞動著；我一頁一頁前前後後翻著，彷彿品味著一頓美味的餐點。老師與同學完全不存在，這個世界只有我和華小芬的課本，以及雖然隱藏卻又清晰可見可觸的華小芬的指紋。

這簡直是天上掉下來的好機會，我寫了一封短箋，夾在課本裡還她。紙條上寫著：

華小芬同學，我非常仰慕你，
謝謝你借課本給我，我決定回贈一本書給你，
星期天上午十點我在火車站旁的菩提樹下等你，
我想親自將書送交給你。

丁一丁敬上

我打的如意算盤是，如果她願意來，就表示她一定也願意和我一起吃一頓午餐，到時候我再請她去藍色小山餐廳用餐。

隔天，我專程到小鎮唯一的一間書店挑了一本《再見吧！橄欖樹》。有一次無意中翻到這本書，很驚訝地發現這本書講的竟然是悶蛋小鎮在某個山區的一戶人家和一棵橄欖樹的故事。

我的盤算是，華小芬看完書之後，可以再約她出來，討論這本

書。我最喜歡的情節是書裡那隻叫波吉的狗，牠每隔幾個月就會忽然失蹤幾天，沒有人知道那幾天牠去了哪裡？連波吉最好的朋友老橄欖樹也不知道，一直到波吉死了，這個祕密也跟著波吉埋進墳墓裡。我覺得狗的世界不是人類能懂的，就像蜜蜂長成之後鑽出蜂巢那一天便立刻投入工作，飛到樹上嚼爛樹皮帶回來築巢，這一定是女王蜂告訴牠的，只是人類聽不到也聽不懂蜜蜂的語言罷了！粉圓肯定知道這三天波吉去了哪裡，只是，牠不認為人類需要知道，因為那根本和人類無關。

奇怪，我來悶蛋小鎮那麼久了，粉圓一次也沒離家出走？

算了，粉圓要不要離家出走不是重點，重點是我想和華小芬討論，一棵樹究竟需不需要立下遺囑？一朵花呢？大樹倒了就倒了，花謝了就謝了，倒下的樹和凋謝的花最後不都滋養大地去了，還立

什麼遺囑？真是悶蛋。也許華小芬會有不同的看法。

我買了粉紅色的碎花包裝紙，小心翼翼地把書包起來。接下來的時間，我就用來幻想，當我把書遞給華小芬的時候，她會有多驚訝；也許，她會帶我到悶蛋大橋上指著乾涸的溪床告訴我那塊璞玉的故事，到時候我一定要露出第一次聽到的吃驚表情，絕對不問：「那你有看過那塊璞玉嗎？」。

星期天，我穿著最喜歡的紅格子襯衫，正準備出門，阿嬤從菜園走出來。

「穿這麼好看，要去約會喔？」

我傻笑著，想了一下才小聲地說：「我約了一個女生見面。」

阿嬤做出恍然大悟的表情說：「我們阿丁長大要約會了。約會需要錢，你等我一下，我拿些錢給你。」

「不用啦！錢我有，媽媽給我的錢我都沒有花。」

「快去，快去，快去約會。」阿嬤邊揮手邊說。

我跨上單車，朝火車站前進。

九點，我已經站在菩提樹下等待了。風一陣陣吹來，菩提樹葉劈啪作響，飛舞的葉片，就像正在急流中奮力游動的蝌蚪，好看極了。我享受這多出來的一個小時，不斷想像各種可能發生的狀況：她來了，拿了書隨即藉口有事先走了；她沒來，也許已經有男朋友了；她來了，我卻不知道，因為她躲在遠處想知道丁一丁是誰；她沒來，卻叫她的同學來……

她會來嗎？我無法確定。她知道我是誰嗎？我也無法確定。

九點五十五分，時間愈來愈逼近，我就愈緊張焦慮。

十點五分的時候，華小芬來了，阿英也來了。

我很驚訝，阿英竟然拖著華小芬的手一起出現在我面前。

阿英裝出一臉輕鬆，用不太自然的表情說：「怎樣，沒想到我會來吧！」

「是啊，你怎麼會來？」我尷尬得感覺到雙頰滾燙。

接著，阿英表情認真嚴肅地說：「華小芬是我女朋友。」

「她是你女朋友？」我震驚極了，她們兩個都是女生！

「對，她是我女朋友。」

真是晴天霹靂！

好不容易看見沙漠裡長出一朵美麗的花，讓我感覺生命不再荒涼的時候，一場殘酷的風沙卻無情地將唯一的花朵給掩埋了！

我不知所措，尷尬萬分，彷彿我的褲檔拉鍊忘了拉上，經人提醒想拉上時，才發現原來拉鍊壞掉了。我不發一語地朝阿英和華小芬點點頭，將那本包裝精美的書塞在阿英手上，然後將雙手插進褲子口袋裡，假裝瀟灑地走向阿嬤牌單車。單車唧唧歪歪地響著亂七八糟的聲音，像一組沒有經過訓練的樂隊，拼湊著史上最難聽的樂曲，歡送我消失在她們面前。如果這首難聽的曲子需要一個名字，應該就叫做「告白失敗轉身就走悶蛋進行曲」或者是「幻想崩毀合併心臟碎裂悲傷交響曲最後樂章」。

我沒有回頭看，但是很肯定的，她們正用同情的眼神目送我離去。佛陀在菩提樹下悟道，我也在菩提樹下頓悟，這個世界不會事事盡如人意。就算胸口挨了一記重拳，離開的姿勢一定要保持優雅，讓背影告訴正盯著你看的人，你很強壯，承受得住。

我的戀愛像一個沒有受精的雞蛋，永遠也孵不出小雞。

在這個鳥不生蛋的悶蛋小鎮，我第一次感到寂寞。

我神情落寞地騎著單車在街上亂晃。

經過一家雜貨店，看見店家將海灘球掛在店門口，我停下，跟老闆要了海灘球。老闆取下交給我。我把玩一下後，付錢買下。將壓扁的海灘球夾在後座。

我一路哼著自己亂編的曲子：「無聊的悶蛋小鎮，不需要紅綠燈，每個路口都給他衝衝衝……」

光華號突然從我身旁快速地騎過。我見狀立即跟上。

「無聊的悶蛋小鎮，還好有一列光華號特快車，瘋狂列車在大街小巷亂竄……帶我離開，帶我離開這荒漠的無聊小鎮……」

我跟著光華號在大街小巷鑽進鑽出。

兩個大約十歲大的男孩，在人多的街上、光華號慢下速度的時候，突然跑到光華號面前，張開雙臂擋下他的車子，然後發出平交道柵欄放下的聲音「噹噹噹」，光華號很配合地停下。兩個男孩哈哈大笑，玩鬧一陣後才放下手臂，指揮光華號離開。光華號繼續往前騎。

「笨蛋光華號，你是火車，所有的平交道都是為你服務的，你不應該停下。笨蛋。」我在他背後罵他。

光華號不理我，繼續騎。

大概繞經圓環五次之後，我悄悄地煞車，看著光華號遠去的背影發呆。我領悟到一件事，不管你是怎樣的人，只要挑一件自己認為對的事去做，就是美好的人生。光華號雖然是個瘋子，但是他比任何人都幸運，找到了適合自己的工作，就是一直騎單車。我很想繼續跟著他繞騎，但是，我的心情很糟，想回家躲起來。

阿嬤在菜園裡忙著。看見我一臉落寞地回來，看了我一下，又

繼續手邊的工作。我停妥車子，進屋把我最好看的便服換下。

我無精打采地坐在屋簷下，粉圓趴在腳邊安靜地陪著我。阿嬤拿著一顆南瓜，摘下斗笠，在我身邊坐下。

「你的約會怎麼那麼快就結束了？」

「那個女生已經有喜歡的人了。」

「這樣啊！」

我垂下頭，埋在兩膝之間。這樣的結果真叫人失望！

「沒關係的，我們這輩子會喜歡很多人，也會在喜歡這個人之後，也許很快，也許很久，我們便不再喜歡這個人了。你就當作已經不再喜歡這個人好了。」

阿嬤的話讓我思考了很久，好像很有道理，又好像沒啥道理。

我怎麼能做到一步就從喜歡跨越過不喜歡的鴻溝呢？我現在應該是

掉進深溝裡了。

「哪有那麼容易啊！你那麼老了才可以做到吧！」

「誰說的？我像你那麼小的時候，曾經喜歡鄰居的大哥哥；但是當我知道他嫌我太胖的時候，我就不再喜歡他了。」

「你小時候很胖啊？」

「是啊！」

「你會跟別人講嗎？」

「我很胖的事啊？」

「不是，是那個女生不喜歡我這件事。」

阿嬤揮揮手，笑著說：「喔，那件事啊！我不會講。如果你想讓別人知道，應該由你自己去講。」

「嗯。」阿嬤讓我很放心。

小鎮只比游泳池大一點，你在街道這頭說了一句話，等你回到家，那句話已經坐在你家門口打著呵欠等你了。

「下次你要約會女生之前，要先觀察，然後試探，這個女生跟你講話的時候對你有沒有意思？會不會討厭你？等一切都成熟了，再約她出來，成功的機會比較大。」阿嬤把南瓜遞給我：「你看這個南瓜還沒熟，我硬是把它摘下來，晚上你就知道了，沒有熟的南瓜很難吃的。」

「沒有熟你幹麼把它摘下來呀！」

「對呀，沒有熟我幹麼把它摘下來！呵呵呵。」阿嬤看著南瓜傻笑起來。

我明白阿嬤的用意，那顆還沒熟的南瓜是她故意摘下來的。我回到家時她看了我那一眼，就已經把我給看穿了。阿嬤真是一個溫和又有智慧的人，總是那麼不著痕跡地治療我的痛楚。

我洗好碗筷，一邊將手往褲子上擦乾一邊走進客廳。阿嬤正在看電視。我一直觀察著阿嬤，看她何時開始打瞌睡。

阿嬤終於打瞌睡了，身體逐漸往右傾斜。我輕手輕腳地走進房間拿出海灘球，開始吹氣。我將海灘球吹到六分飽。然後小心翼翼地將海灘球的氣擠到一邊，再將沒氣的那一端塞在椅縫裡，海灘球成功地卡在椅背上。阿嬤的頭緩緩滑下，剛剛好枕在球上。

有了支撐，阿嬤睡得很舒服。我對於自己的傑作滿意極了。

看著電視，想到華小芬和阿英，我又難過起來，胸口緊緊的。

「五個月前大樹鄉發生的警員槍擊案重傷的警員陳大義，在今天清晨六點十五分，因為呼吸衰竭過世了。警方全力追緝殺警要犯，五個月來一無所獲，警方懷疑綽號阿匪和鬼仁的嫌犯已經偷渡

離開台灣。」美麗的女主播播報著新聞。

電視畫面出現阿匪和鬼仁的照片。我覺得這幾個人很面熟好像在哪裡看過。

阿嬤睡了十分鐘，醒來。睡眼朦朧地繼續看電視。

「你這麼愛睏，怎麼不上床睡？」

阿嬤看了一眼牆上的鐘，時間是八點半。

「這麼早去睡覺，什麼時候才天亮啊？」

阿嬤看了一下連續劇，沒多久又歪歪倒倒地打起瞌睡。

第10章　麵包店裡的怪客

走進廚房，餐桌上已經擺著煮好的稀飯、一個荷包蛋還有一塊肉餅。便當也準備好了。阿嬤已經八十歲了，每天還要早起幫我煮早餐、做便當。我已經習慣把老爸冷漠的對待當成理所當然，如今阿嬤對我這麼好，讓我的胸口和喉嚨常常因為感動而覺得緊緊的。

阿嬤在庭院彎著腰整理青菜準備挑去市場，我看見阿嬤的大拇指和食指因為經常挑撿青菜而被染成墨綠色，那是一雙辛苦的手。

我回到房間拿出存摺和印章，交給阿嬤。

「阿嬤，這是媽媽給我的錢，我用得很少，給你用。」

阿嬤看也不看一下將存摺塞回我手上。

「阿嬤有錢，不用擔心。媽媽留給你的錢好好收著，慢慢用，以後交女朋友也需要用錢呀！」

「阿嬤，每天早上我只要吃一顆饅頭就夠了，午餐我可以自己買便當，你不用這麼辛苦幫我準備便當。」我是真心這麼說。以前我一個人的時候，一餐一個饅頭也過得好好的。

「做便當一點也不辛苦，自己做的便當好吃又營養。你答應阿嬤，千萬不要像你老爸這麼壞。阿嬤有一天死了，你就賣掉這棟房子，找個地方躲起來過日子，千萬不要被你老爸找到，否則你這一生會被你老爸拖累到見不到日頭。」阿嬤說。

「阿嬤，你不會死的。」說完，我突然有一股想哭的衝動。

我對於自己居然說出只有難看的電視連續劇才會出現的對白而感到驚訝，這個世上沒有人會不死。但是我真的不希望阿嬤死掉，阿嬤是這個世界上我最喜歡的兩個人之一，另一個人是媽媽。阿嬤如果死掉，我要怎麼辦？無依無靠，然後像被送到悶蛋小鎮一樣送進孤兒院？

「傻瓜，只要是人都會死的。」阿嬤溫柔地說。

我像傻瓜一樣哭了，好像阿嬤真的已經死了。

「憨孫，阿嬤還沒死啦！哭什麼？去啦！去上學啦！」阿嬤輕輕敲了一下我的頭說。

我擦掉眼淚，牽出單車上學去了。

阿英騎在我身邊看著我的單車對我說：「你的車真的很吵耶！連住在瑞穗的人都聽得到你騎車上學的聲音。我可以幫你的阿嬤牌單車換一條新鐵鍊，再將那塊翹起來的夾板敲一敲，就不會發出雜音了。」

「不用換了，我喜歡那些聲音。」

「你在生我的氣？」

「沒有。」

「如果你早早告訴我你喜歡華小芬，就不會發生星期天早上那件事了。」

「都過去了，我不想說了。」

「如果你沒有生我的氣，就讓我幫你整理車子。」

「不用了，我真的喜歡那些聲音。」

「鬼才相信，沒有人會喜歡那些聲音，吵死人了。」

「我說的是真的，信不信由你。」

我說的是真的。我喜歡這唧唧歪歪的聲音，有時候它聽來像一首旋律單調又不斷重複的歌，很有悶蛋小鎮的味道。我從阿英臉上的表情看來，她不相信我說的，她以為我還在生氣。雖然有時候我瞄見華小芬，心裡還是會怦怦亂跳，但是我已經把這份喜歡收藏得妥妥當當，因為我的視線只要遇到華小芬，就會像陽光遇到鏡子一樣折射到遠方。

這天，我載著粉圓去逛街，順便到郵局領錢。我提領了一千塊，發現帳戶裡的錢多了很多。我邊看著交易明細表上的餘額邊走向腳踏車。我將明細表放在粉圓面前晃了兩下：「粉圓，你看，我們有好多錢喔！」

我想了一下，從口袋裡掏出幾枚銅板，走向電話亭。

「喂，媽，是我。嗯，我看到你匯進來的錢了，你匯太多了，我用不到那麼多。」

「多匯的錢是希望你能用來照顧阿嬤，阿嬤家裡需要什麼，你就幫阿嬤添購什麼。」媽媽說。

「喔，我知道了。」

「在小鎮生活還習慣嗎？」

「還好。」

「認識新朋友了嗎？」

「認識幾個。我學會騎腳踏車了。」

「那很好。你有車嗎？」

「阿嬤的朋友組裝了一輛給我。」

「可以騎就好。媽媽有空再去看你和阿嬤。」

「好，我知道。媽媽再見。」

我掛下電話，走回腳踏車旁。

一個老太太騎著一輛三輪車經過，那輛三輪車後面還安裝了一個四方形的大置物架。我有了一個點子，也許我也可以幫阿嬤買一輛，這樣她就可以騎車去市場賣菜了。我走回提款機，領了一筆錢出來。

我騎著後座坐著粉圓的腳踏車，離開郵局。

經過麵包店的時候，剛出爐的麵包香味讓我忍不住朝店裡多看了幾眼。店裡的兩個客人立即吸引了我的目光，那兩個人是我搭車到小鎮那天一起下車的老人家，他們買了一大堆麵包和泡麵。我停在路邊看著那兩個人。

一輛警車停在我身旁，車窗搖下。是表叔。

「阿丁，你在這裡做什麼？」

「載粉圓兜風。」

我注意到麵包店那兩個人見到表叔的警車，立即轉身背對著馬路。表叔發現我一直在看麵包店，以為我想吃麵包。

「你是不是想吃麵包啊？我買些麵包和番薯餅你帶回去和阿嬤一起吃。這家麵包店的番薯餅很有名喔！」表叔邊說邊走下警車。

「表叔，不是，我……」

表叔已經走進麵包店。坐在警車裡的年輕警察探出頭來對我笑著說：「沒關係啦！就讓你表叔請客嘛！」

表叔站在麵包店朝我招手，要我進去一起挑麵包。我才踏進麵包店，就看見那兩個人在穿制服的表叔面前立即現出老態，彎腰裝駝背。我和表叔挑好麵包和番薯餅走到櫃檯結帳。表叔看見櫃檯上那一堆準備結帳的麵包嚇了一跳。

「上了年紀吃那麼多麵包會消化不良的。」表叔好意地說。

「喔，不是我要吃的，是送給孫子的學校當點心。」其中一個故意壓低聲音說。

「喔，你人真好啊！」表叔的眼神流露出幾分敬意。

結完帳，我們準備離開麵包店。表叔走到門口停頓一下又走回店裡。那兩個人明顯地嚇一大跳。

「你們需不需要車子載你們一程啊？」

「不用了，我們自己有車。」

「不要客氣啊！警察的工作就是為民服務呀！」

「真的不用，謝謝你。你真是個好警察。」

「喔，那我就先走了喔，有什麼事需要幫忙再打電話到警察局來。」

離開麵包店時，我轉頭看了那兩個人一眼，正好看見他們互看

一眼後，鬆了一口氣的模樣。

這兩個人到底哪裡有問題啊！

我來到阿英的腳踏車店。

阿英正在幫客人更換新輪胎。她抬頭看見我。

「什麼事！車子壞了喔！」

「不是，我想買輛車。」

阿英瞪大眼睛問：「你要買車？你不是很喜歡你的爛車嗎？」

「我要幫阿嬤買一輛三輪車。」

阿英看著我，眼裡有幾分欣賞。

「那種三輪車好像要先訂。等等，我問我爸。」阿英朝屋裡大喊：「爸。」

阿英的爸爸從屋裡走出來。

「阿福阿嬤的孫仔想買三輪車給阿福阿嬤。」

阿英的爸爸看著我，笑嘻嘻地說：「三輪車要訂，一個星期之後車子才會來。」

「三輪車要多少錢？」

「五千塊。」

我從口袋掏出錢來，數了五千塊交給阿英的爸爸。他接過錢，用複雜的眼神看了看我。我明白那眼神的意思。

「這些錢是我媽給我的生活費。」

阿英從她爸爸手上抽起一張千元鈔票塞回我的手上，說：「阿丁是我同學，也是親戚，打八折。」

我騎上阿嬤牌單車載著粉圓準備離開，卻被阿英叫住。

「紅辣椒車隊下下個禮拜要去騎玉長公路，為了赤科山挑戰賽

做訓練。你要不要一起去？」

「騎腳踏車去？」

「當然騎腳踏車去啦！難不成跑步去啊！」

我懷疑阿嬤牌單車是否可以跑那麼遠的路。

「你擔心騎不動喔？不然我借你一輛二十四段的變速車。」

我猶豫著。

阿英彷彿看懂我的心思似的，歪著頭說：「華小芬不會去，她不喜歡運動。」

「我才不是擔心這個。」我口是心非地說。

「下下個星期天早上七點，在店門口集合。」

「我不會去的。」我就是不想去。

我跨上單車，載著粉圓離開。

我聽到阿英的爸爸對阿英說：「這孩子真難得，一點也不像他老爸。」

「你認識丁一丁的爸爸喔！」

「認識，我們是中學同學。」

「那你都不算他便宜一點？好歹他也算是你的親戚外加同學的兒子耶！」

「這種事當然由你出面，這關係到你的面子，你也算他便宜了呀！小鎮那麼小，滿街都是我同學的兒子和女兒。全都打折，生意還要不要做？」

第11章　阿嬤的三輪車

星期天上午，我騎著單車在街上逛，希望能堵到光華號，跟他在一起鬼扯讓我很放鬆。在鎮上繞了半圈，看見光華號在幫忙喪家搭棚架，表情認真地一會兒遞鐵架一會兒搬花圈，他永遠可以在一個忙碌的場子裡找到事做，而且看起來那份工作非他莫屬。

光華號終於看見我了，他用力朝我揮手，要我走開。我只好識相地走開。一轉身，看見華小芬就站在我背後，看來已經站了好一會兒了。

「你認識光華號喔！」

「嗯，他是我朋友。」

「朋友？」

「嗯。」我不敢看華小芬的臉。

「謝謝你的書。」

「不用客氣。開卷有益嘛！」

「我已經讀完了。」

我有兩秒鐘的衝動，想問她喜歡書裡的橄欖樹嗎？但是我忍住了。我覺得橄欖樹是一棵度量很大的老樹，他接納所有的生物在他的樹上棲息，他的愛毫無保留，像這樣的一棵樹，會預留一份遺囑給甲蟲、給大地，是可以理解的。我已經有粉圓了，也許有一天我也可以種一棵橄欖樹。這是我的想法，但是，華小芬沒必要知道了。

我準備離開。

「我希望我們還可以當朋友。」

「嗯。」我點點頭。

「我剛剛去阿英那裡，你訂的三輪車已經來了。」

「喔，謝謝你告訴我。」我跨上單車，逃也似地離開華小芬的視線。她是阿英的女朋友，我應該避嫌，尤其我曾經追求過她，更應該懂得分寸。如果我要和她講話，最好是阿英在場的時候，我可不想扯出一堆解釋不清的誤會，把寧靜的生活攪得一團亂。

阿英是我在悶蛋小鎮認識的第一個朋友，我可不希望我們的友誼因為一個女生而有所改變。

我來到阿英的單車店。

「聽說我訂的三輪車已經來了。」

「聽誰說的？」

我遲疑了兩秒，才說：「剛剛遇見你女朋友，她說的。」

阿英指著停在一旁的嶄新黑色三輪車說：「那輛就是。」

我試試手煞車、轉轉腳踏板，再壓一壓置物架，點收完畢後跨坐上去，卻被阿英一把拉下來。

「你不會騎這種車。」

「笑話，三個輪子的車我怎麼不會騎？」

「那你要不要打賭？」

「好啊，來賭，賭什麼？」

「你輸了，就馬上加入我的紅辣椒車隊。」

「好，三輪車有什麼難。如果我贏了呢？」

「如果你可以從這裡直直往前騎一百公尺，就算你贏。如果你贏了，我店裡的單車隨便你挑一輛走。」

「真的？隨便挑一輛？」

「當然是真的。」

阿英這個笨蛋，居然跟我賭這個，她輸定了。三輪車，小孩都會騎。

我自信滿滿坐上三輪車，握著把手踩著踏板，沒想到車子把手卻一直往左邊偏去，彷彿有個力氣很大的隱形人控制了這輛車，我用力扭動把手都沒有用。阿英在一旁笑得很得意。我拉回三輪車，再試一次，結果也一樣。

「為什麼會這樣？」我完全不明白，看起來簡單的要命的三輪車怎麼這麼難控制啊！

「你以為很簡單，但是，十個人有八個人不會騎。」

「那我阿嬤怎麼辦？」

「不用擔心，阿嬤一定會騎。不會騎單車的人肯定會騎三輪

車，會騎單車的人用騎腳踏車的方式騎，就無法駕馭三輪車。這道理很簡單，三輪車的重心是放在臀部，但腳踏車是講求平衡的，身體和手腳的平衡，重心是分散的。」

阿英跨上三輪車，輕而易舉地把三輪車的操控權從隱形巨人的手中搶回來。

她騎到馬路那一頭，俐落地調轉車頭後騎了回來。

真是不可思議。我再也不能輕易相信事物所呈現出來的表象。更不可思議的是，我居然有點崇拜阿英這傢伙！不過，我最好不要讓她知道這點。

「走吧！我幫你送車給阿嬤。」阿英瀟灑地說。

阿英騎著三輪車，我跟在她後頭一路騎回家。

「欸，丁一丁，你什麼時候要把你的阿嬤牌單車塗成紅色？」

「盡快，盡快啦！」願賭服輸。

「你到底為什麼叫丁一丁？」

我猶豫了一下，決定說實話：「我爸原來想和我媽生很多丁的，準備將來的孩子就叫一丁、二丁、三丁，結果只生出一丁，就和我媽離婚了。」

「你爸真搞笑，他現在人在哪裡？」

我不再說話了。阿英看了我一眼，也不再說話了。

阿英和我進入庭院，阿嬤蹲在菜園裡摘菜，抬頭看見我們，起身，拿著摘好的一籃子青菜，走出菜園。阿英迎向阿嬤，接過她手上的菜籃，拉著阿嬤的手來到三輪車旁。

「阿嬤，這輛車是阿丁買給你的。」

阿嬤一臉驚訝地說：「阿丁幹麼買車給我？」

「以後你可以騎車子去賣菜，走路太慢了。」我說。

「阿丁，你怎麼有那麼多錢？」阿嬤臉上的表情嚴肅了起來。

「阿嬤，你放心啦！錢是媽媽給的。媽媽有交代，要我照顧阿嬤。」

阿英催促著：「阿嬤，你騎騎看。」

「我怎麼會騎嘛！」阿嬤搖著頭說。

「很簡單的，用腳踩就行了。」阿英說。

阿嬤坐上三輪車，握著把手，小心地踩動踏板，一下子就學會騎車了。

「很簡單吧！阿嬤。」阿英說。

阿嬤在庭院裡繞圈圈。經過我面前時說了一句：「怎麼能讓你買這麼貴的車子給我。」

「阿嬤，你每天做飯給我吃，這是我送給你的感謝禮物。你再多練習一下，明天就可以騎上街了。」

阿嬤笑得很開心，一邊練騎一邊開心地笑。

臨走前阿英得意地對我說：「記得把你的車子漆成紅色。」走沒幾步，又轉過身來提醒：「對了，玉長公路訓練活動，每個隊員都要參加。」

「很煩耶！快走啦！天都要黑了。」我揮手趕人。

阿嬤牌單車漆成紅色能看嗎？

晚飯過後，阿嬤很反常地沒坐在客廳看連續劇打瞌睡，而是站在庭院和幾個鄰居討論那輛三輪車。鄰居們輪流騎著，一邊騎一邊誇獎車子有多棒。

「你這個孫仔，一點都不像他爸爸大榮，你看他自己騎那輛拼

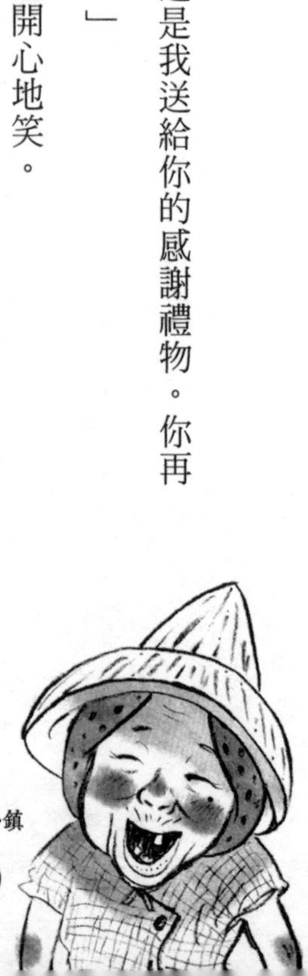

裝腳踏車，給你買這輛全新的車，實在有夠難得啦！」

我趕緊把電視關掉，進到房間把門關起來，我可不想應付這麼一大群人。

只要阿嬤高興，我也會很高興。我真的喜歡阿嬤牌單車，但是除了粉圓，沒有半個人相信。沒有人相信也無所謂，自己內心的感覺不需要說到讓別人明白。

隔天早上，阿嬤將要賣的菜擺在籃子裡，再將籃子放在三輪車的置物架上。阿嬤滿意地摸了摸三輪車，坐上去緩緩地騎出庭院。

我走出客廳，看著阿嬤騎車的背影，我猜阿嬤的嘴角一定揚著微笑。

第12章　紅辣椒上路

我起床時，阿嬤已經在廚房準備便當。

我戴上帽子，將水壺掛在把手，把裝著便當和雨衣的背包綁在後座。

「你要小心一點，不要逞強。天氣很熱，要補充水分，不要中暑了。」阿嬤叮嚀著。

「我知道啦！阿嬤。今天只是訓練，不會太激烈。阿英的爸爸開了一輛補給車照顧我們，不用擔心。」

我在晨曦中騎出家門。

我來到光華號家門口，叫了幾聲光華號。有一次我跟蹤光華號

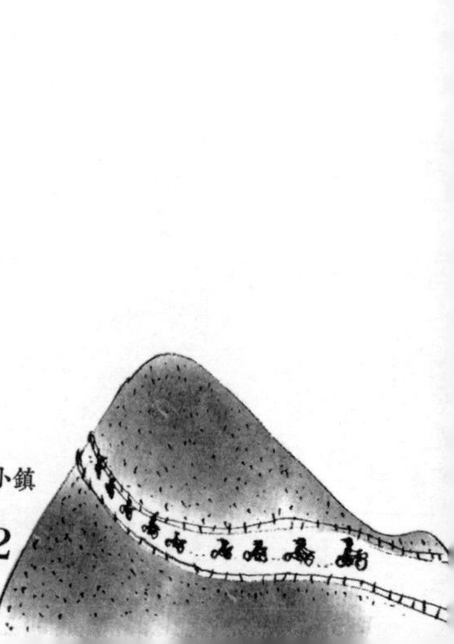

回家，才知道他住在這棟矮房子裡。

沒多久，光華號八十歲的媽媽開門探頭出來。

「你找光華號做什麼？」光華號的媽媽問。

「找他去騎車子。」

「去哪裡騎車子？」

「來回玉長公路。」

光華號的頭從老媽媽旁邊擠了出來。

我問他：「要不要去騎車子？」

光華號看著我不置可否。光華號永遠只有一個表情，我懷疑他到底會不會笑？有沒有哭過？也許很多人努力修行，追求的就是光華號臉上那種不悲不喜的神情吧！由此推測，光華號可以說是一個高深莫測的得道僧人。

我將單車調頭，對著光華號用下巴指了指馬路。光華號走了出來，牽起倚靠在牆角的老爺單車，跟在我後頭。

距離阿英的單車店還有二百公尺時，就看見門口停著一整排紅色的單車，遠遠看去，相當顯眼。所有的隊友已經蓄勢待發。這是我第一次和其他六位紅辣椒隊友見面。我只認識其中兩個，一個是我的鄰居陳偉明，另一個是隔壁班的同學萬一。我聽見他們質疑的聲音。

「咦，丁一丁幹麼帶光華號來？」

「光華號跟來做什麼？」

所有人看著光華號，用眼神質問我為什麼帶光華號來。

我知道我必須說出這麼做的理由，如果光華號不能參加訓練，我也不打算去了。

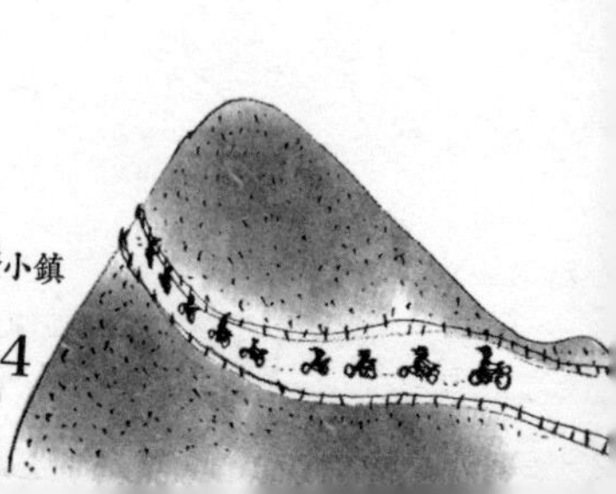

「光華號是小鎮最有精神、騎車技術最好的人，他繞行小鎮的圈數，比你們任何人都要多，他應該加入紅辣椒。」我說。

所有成員都愣住了，也許他們正在計算自己究竟繞行小鎮多少圈吧？

「你有沒有搞錯？光華號那麼老，精神又有問題……」陳偉明一副受不了的模樣。

「他不會惹麻煩的，我會看著他。」我打包票。我不認為一個整天待在腳踏車上的人會惹出什麼麻煩。

「我看過光華號騎單車，他的技術的確很好。就先讓他進來當觀察員，這次活動之後再考慮要不要讓他加入。走吧！出發了。」阿英做出決定。

車隊排成一直線，往安通的方向出發。阿英的爸爸開著一輛補給車緩緩跟在車隊後頭。

我和光華號夾在隊伍中間，光華號不時做出排檔的動作，同時發出「嘟嘟」的鳴笛聲。其他隊友開始嬉鬧地學著光華號做出排檔及鳴笛的動作，並且發出「嘟嘟」聲。對於突然多了那麼多的火車，光華號並沒有太多意見，依然按照自己的節奏踩著踏板。

炙熱的陽光燒灼著人的皮膚，熱辣辣的彷彿就要著火了。真是個折磨人的好天氣。

車隊還沒抵達安通，我已經掉在隊伍的最後面。其他隊友的單車像箭一般從我身邊飛過。為了不讓自己成為隊伍的拖油瓶，我咬著牙拚命踩著踏板。

車隊經過安通溫泉區。紅色的車隊相當引人注目，許多觀光客駐足觀看。

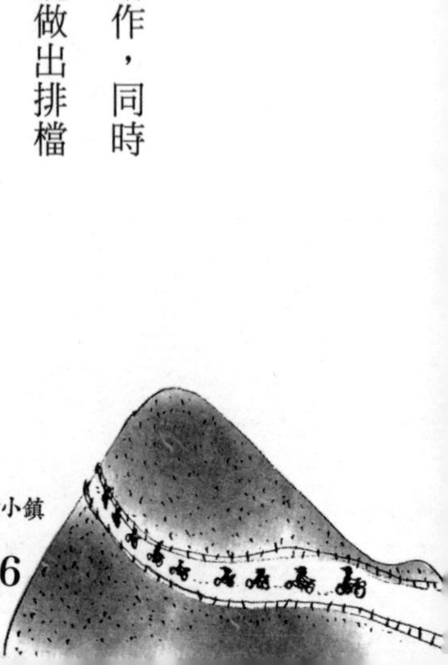

過了安通，就是一個又一個的大上坡，車隊開始拉長，衝第一的是光華號，第二是阿英。我則殿後。爬上坡頂後，接著是一個長長的下坡，前面的隊友在過彎的時候拉出一條長長的紅色弧線，那條弧線美麗極了，就像宮廷戲裡的舞者舞動的紅色彩帶。原來騎單車也可以騎到如此接近藝術的境界。

車隊經過長長的隧道，阿英的父親一直尾隨在我的身後，這讓我倍感壓力。

我像一個超級遜咖，動不動就跳下車，牽著車子走。我感覺到我的肺在抵達成功漁港之前就會爆炸。

車隊停在路邊休息，喝水、吃東西補充體力。

我最後趕到，氣喘吁吁，全身汗溼。

阿英走向我，一臉得意地說：「你到現在還堅持，車速和品牌沒有半點關係嗎？」

我喝了幾口水。「我阿嬤說，要惜物。我已經有了一輛腳踏車，沒必要再多一輛。」

「固執鬼。」阿英不以為然地說。「你怎麼還沒將車子漆成紅色？」

「我會的啦！」我說。

車隊一路下坡，滑下濱海公路，往成功的方向騎去。

車隊進入成功漁港，觀賞漁船入港、漁夫卸貨以及批價、叫賣的情景。

阿英的父親請車隊喝魚湯。大家就在小吃店裡，吃著自己的便當，喝著魚湯。

光華號沒有準備午餐，我把我的飯盒分一半給他，萬一和阿英

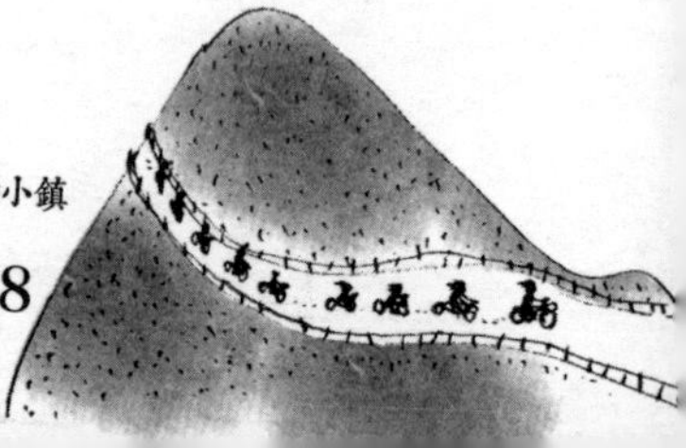

也把飯盒分一些給光華號。

接著我們在路邊一處涼亭睡午覺。我的腳又瘦又痛，我已經沒有半點力氣騎回家了。我看了一眼補給車，腦子閃過要上補給車的念頭；但是，我知道我絕對不能那樣做，阿英和其他隊友會取笑我一輩子，將來我將無顏在悶蛋小鎮上騎單車。

回程，車隊從濱海公路騎上玉長公路，長長的上坡，每個人都埋頭踩著踏板。

光華號的力氣終於用罄，他只贏過我一個人，我依然殿後。我不得不承認，我被阿嬤牌單車打敗了。我的腿就快要斷掉了。其他隊友在上坡的時候，單車可以換成低檔，我和光華號的車子沒有換檔的功能，只能苦苦撐著。很多上坡，我們是推著車子走上去的。

我不能推翻「車速和品牌沒有半點關係」這個論點，只能說，我的自我訓練不足，而且我還是一個新手，幾個月前我才學會騎車子哪！我堅信，車子能跑能衝，和品牌沒有關係，和人的腿力有絕對的關係。我還有很多的時間可以證明這點。

車隊終於騎進彩色的悶蛋大橋。大家在橋上停下來，一邊吹著涼爽的風一邊欣賞寬闊的溪床。幾天前下了一場雨，讓溪床上的溪水有了優美的蜿蜒線條。

停在我前面的隔壁班同學萬一，轉過頭來對我說：「如果你想知道關於璞玉的故事，我可以告訴你。」

我遲疑了一下，說：「好啊，我想知道。」

「就在那裡，」他用手指著一個方向：「那裡曾經有一塊很大的玉石，後來被偷走了。」

「多大一塊？」

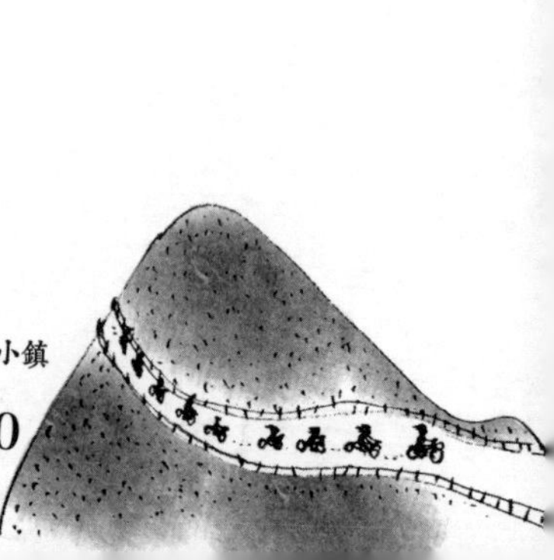

他想了一下，說：「三個書架疊起來那麼大。」
「偷去了哪裡？」
「可能賣給做磁磚的工廠。」
「你看過那塊璞玉？」
「沒有，沒有誰真正看過。」
「沒有人看過，怎麼知道玉石是被偷走的？」
「也許很久很久以前有人看過，看過的人都死了。」
看過的人都死了。我喜歡這個答案，比較合理。
悶蛋小鎮的居民每個人心裡都有一個關於璞玉的故事，我真是愈來愈感興趣了。等我有空，要把每個人的璞玉故事收集起來，寫成一本書。

這個悶蛋小鎮要不是還有阿嬤、粉圓、悶蛋圓環、阿嬤牌單車、阿英、白色璞玉的傳說、光華號、華小芬、3303號自強號列車和紅辣椒車隊，簡直就像乾涸了一百年的河床，叫人感到絕望。

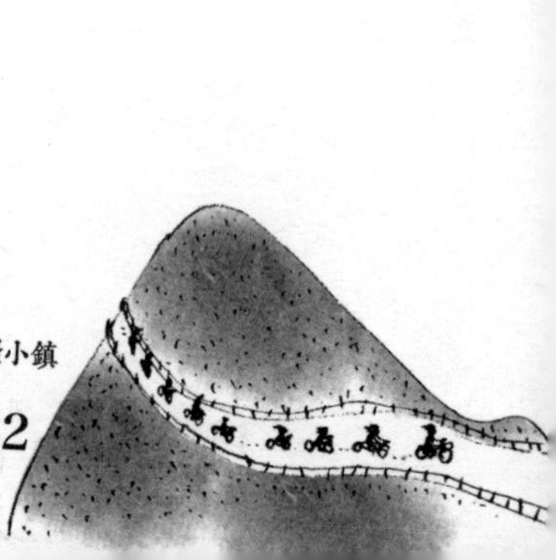

第13章　監獄裡的老爸

這天，我收到老爸寄來的信，希望我能去看他。

他在信裡寫著：臭小子，你是不是忘了你還有個爸爸啊！是不是應該來看看我啦！如果你希望我原諒你不顧父子之情的背叛，來之前先寄一些錢，不管你用什麼方法，就是要給我帶錢來，否則你就不是我兒子。

不管我用什麼方法？難道用偷用搶的都沒關係嗎？賠上我的前途也無所謂嗎？這是什麼老爸呀！我把信揉成一團扔進阿嬤的雜物堆裡。

你關在監獄裡，要錢做什麼？我才懶得理你，我一點也不稀罕

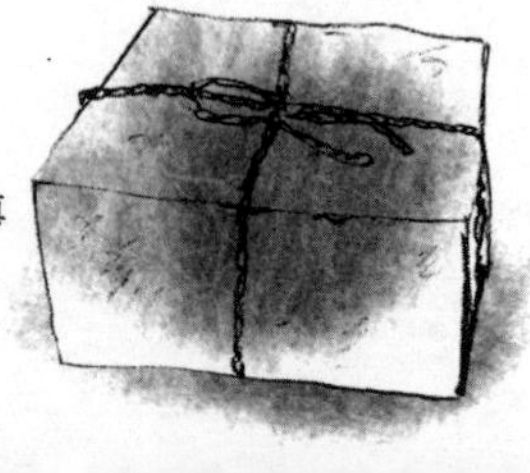

當你兒子。

老爸蹲在牢裡，對大家都好，阿嬤是安全的，媽媽是安全的，我也是安全的，老爸是塊烏雲，只要他一出現，他身邊的人的世界就會鋪天蓋地遮成一片陰暗，別想再見到陽光。

探監日的前一天，我遞出了病假單。

第二天，我告訴阿嬤，放學後我要去同學家做功課，會晚一點回家。

阿嬤說，她要去看一個老朋友，如果我下課回家，她還沒回來，冰箱裡有飯菜拿出來熱一下就可以吃了。

我搭乘那列原本不想停、卻在小鎮居民抗議聲中不得不停的3303號自強號列車，到花蓮監獄去看老爸。列車穿越悶蛋中學，右邊教室的學生們正在上課，左邊大操場的田徑校隊正在跑步。我想起教務主任因為這個詭異的分割而揚起的得意笑臉，忍不住又笑了出來，真是悶蛋！

出了火車站，我搭計程車到花蓮監獄。經過警衛室時，看見圓環邊有一個熟悉的背影很像阿嬤，再仔細看，果真是阿嬤。阿嬤緩慢地走著，灰白的頭髮、微駝的背，手上拎著一袋塑膠袋。她肯定是從雜物堆裡發現那張揉成一團的信紙，拿給誰念給她聽了。我並沒有立刻追上去，一直跟著阿嬤走到登記處。阿嬤走到櫃檯，對裡頭的工作人員說：「我想登記和2734會面，但是，我眼花寫不到字……」

我立刻趨前，站在阿嬤身旁：「阿嬤，我來寫。」

阿嬤抬頭，看見是我，臉上的表情和我看見她時一樣驚訝，但

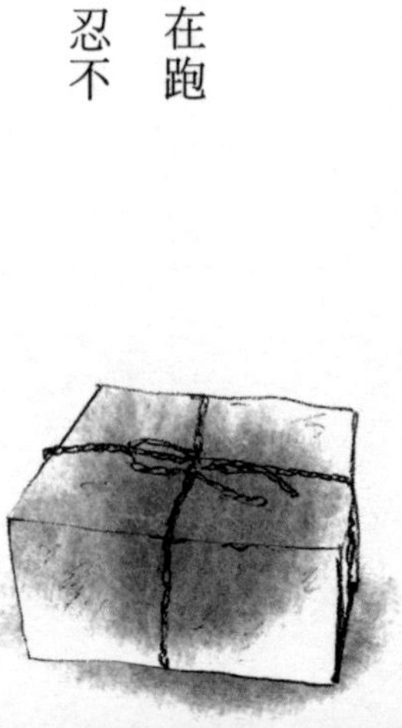

隨即我們很有默契安靜地填妥各種會面申請書。我和阿嬤坐在等待區等候。我們沒有交談，卻知道彼此在想什麼：待會兒要見的那個人，我們愛他、恨他、氣他、討厭他、想丟棄他，卻又做不到。

我和阿嬤坐在鐵捲門前面等著。沒多久，鐵捲門緩緩地升起，我們看見老爸出現在玻璃窗前。老爸滿臉不高興的表情。他拿起電話劈頭就罵：「錢呢？我要你們帶來的東西呢？什麼都沒有？一塊錢也沒有？阿丁，你媽不是有給你錢嗎？你這個不孝臭小子，完全不顧老爸死活，我在裡面連內褲都要自己買，你不帶錢給我，我怎麼買呀！你來幹什麼？送那鍋肥豬肉做什麼？去幫我買一些零食和泡麵，我在裡面需要打點啊！把電話給阿嬤聽。」

我沒說半句話就把話筒交給阿嬤。我看見老爸口沫橫飛一臉憤怒地說著什麼，他一定把剛剛和我說的話又說了一遍給阿嬤聽。

老爸因為我們沒有寄錢給他，大發脾氣，還拍了桌子，連我們想問他好不好都沒有機會問。也不必問了，他那個樣子，肯定過得很不好。懇親時間還沒有到，老爸便一臉憤怒地轉身就走，我們驚愣地愣在原地看著他憤怒的背影消失在眼前。我不知道阿嬤的感覺，但是我感覺到有一隻無形的什麼鬼怪的手，穿透我的胸膛，狠狠地捏了我的心臟一把，我受了重傷，很久才會復原。我們以為他見到我們會很高興，起碼有家人來看他。但是，我們都誤解了，他一點也不想念我們，他只是想利用親情勒索金錢，勒索不成，就無情地拂袖而去！

我們直接離開監獄，並沒有去福利社幫老爸買東西。一條內褲要穿好幾年才會破掉，等他的內褲穿破了，再寄給他五百塊買內褲吧！在監獄裡待著，還想做老大，要打點什麼呢？他又為我和阿嬤

這對老弱婦孺打點過什麼呢？

我和阿嬤一起搭計程車去火車站，準備搭火車回悶蛋小鎮。一路上我們一句話都沒說，一直到坐上火車，我和阿嬤都因為太難過而流下淚來。我不知道阿嬤怎麼想的，但我是這麼決定的，以後，我再也不去看他了。

火車進入了悶蛋小鎮，快到車站的時候，我看見光華號騎著他的腳踏車，正加速追逐著火車，他單手扶著車把，右手則不停地做出排檔的動作，他的單車騎得很好，我忽然有一種感動，光華號是悶蛋小鎮最有精神的人，他繞行小鎮的紀錄無人可破，阿英將來要繼承的腳踏車店，應該請光華號代言……

值得安慰的是，３３０３號列次自強號火車仍然繼續停靠悶蛋小鎮，當我想逃離的時候，就可以跳上火車了。

到花蓮探監後的第三天，我騎著喀啦喀啦、唧唧歪歪響的阿嬤牌單車在街上亂逛時，看見阿嬤抱著一箱東西從雜貨店走出來。我想找機會捉弄阿嬤一下，於是一路跟著她。阿嬤踩著三輪腳踏車來到郵局，抱著那箱東西走進去。我停妥車，跟著阿嬤走進郵局。這麼大箱東西寄給誰呢？郵局裡準備寄掛號的人很多，我躲在幾個人背後，伸長了脖子，終於看見箱子的收件地址是「花蓮監獄」。

我悄悄地走出郵局，騎上腳踏車，學光華號在鎮上繞圈子。

爸爸對阿嬤這麼壞，阿嬤卻從來都沒有放棄爸爸；他再怎麼壞，也還是我的爸爸。我說過不再去看他的決定動搖了，過一些時候，我再長高一點點，再去看他吧！到時候我要以男人對男人的高度和他說話，勸他做一個像樣的老爸。也許去看他之前，我可以先寫一百封信給他，讓他知道，他唯一的兒子像阿嬤那樣，沒有放棄

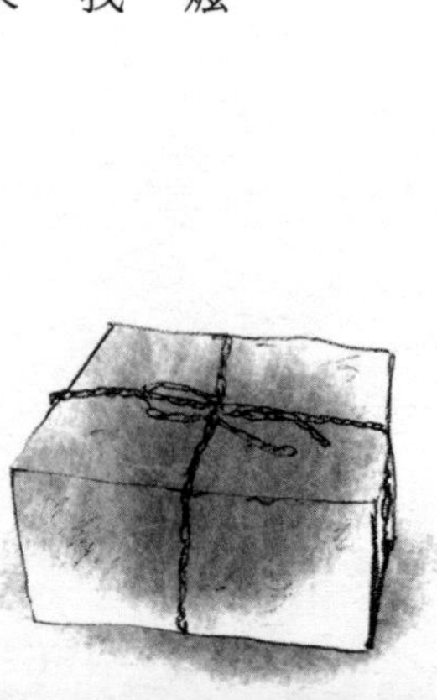

過他；也許，他被感動了，忽然決定從此以後要做一個好人。

再繞鎮上一百圈，我就可以打破光華號騎單車繞小鎮的世界紀錄了。

當天晚上，表叔和表嬸開車載著我和阿嬤去安通洗溫泉。經過悶蛋大橋時，表叔特地停下車，站在橋上指著黑漆漆的遠處對我說：「那裡曾經有一塊白色的璞玉，後來被採礦的人偷走了。」

「多大一塊？」

「像一輛直立起來的巴士那麼大。」

「偷去了哪裡？」

「聽說給藝術家做成了大石雕。」

「你看過那塊璞玉？」

「沒有，沒有人看過。」

「沒有人看過，為什麼會傳說被偷了？」

「大家都這麼說的時候，這件事就八成是真的。」

「喔！」

後來，我陸續問過很多人，有人說璞玉像圓環那麼大；有人說璞玉其實只有一個人的高度，因為是白色的，所以非常醒目；還有人說，大家其實眼花了，白色的璞玉其實是女鬼的化身，白天是一塊石頭，晚上就變成阿飄……

第14章　剿匪記

我在悶蛋小鎮第一個暑假的第一天上午，就在粉圓凶猛的吠叫聲中醒來，阿嬤去市場還沒回來，我得爬起來看看誰來了。

阿英一副愁眉苦臉地站在庭院，我注意到她騎的車子不是紅辣椒一號。

「什麼事這麼早？」

「我的紅辣椒又被偷了！」

「又被偷了！會不會又是三民那些人？」

「我覺得不太可能。他們沒有理由再偷第二次。」

「在哪兒被偷的？」

「在市場。我只是吃碗麵，出來就不見了。」

「這回紅辣椒被偷去哪裡？」

阿英拿出掌上型追蹤器。「這下可遠了，在靠近赤科山的叢林裡。」

「你這麼早來，不會是要我現在就陪你去把車找回來吧！」

「當然不是，我只是心情很不好，想快點告訴你紅辣椒又不見了。我有一種預感，覺得這次紅辣椒找不回來了。」

「你忘啦！你家開腳踏車店的耶！你有很多輛紅辣椒。」

「那不一樣，去過東海岸、走過玉長公路、遠征過花蓮的只有紅辣椒一號。」

「這個小偷把車子偷到森林裡做什麼呢？」

「我們車隊九點鐘要出發去找車。如果你也想去就一起去。不

勉強。九點在店門口集合。」阿英說完，便騎著藍色單車離開了。

九點，紅辣椒車隊所有的成員都到齊了。

「我們暑假的第一個任務，竟然是去找車。」萬一看起來很興奮：「我們要去打擊罪犯。也許，將來紅辣椒車隊可以進化成『惡人剋星』大車隊。」

這個萬一會不會想太多了呀！

阿英向大家展示掌上型電腦上的地圖，有一個紅色的小點不斷地閃爍著。

「昨天和今天，紅辣椒一號的位置始終都在這個範圍移動。」

「我們這麼多人對付一個小偷應該綽綽有餘吧！」

光華號騎著單車「嘟嘟嘟」地經過，我叫住他：「光華號，跟我們一起上山找車。」

光華號不置可否，卻將腳踏車停在我身旁等著。

車隊出發。

紅辣椒車隊在馬路上奔馳。

三民國中單車隊從對面馬路迎面而來。楊正看見紅辣椒車隊，示意大家慢下車速，並騎過馬路和紅辣椒隊員打招呼。

「你們要去哪裡？做訓練嗎？」

「不是，我們要去找車。紅辣椒一號又被偷了。」阿英說。

楊正傻笑著說：「又被偷了！這回不是我們幹的。」

「我知道。」

「被偷去哪裡了？」

阿英將掌上型追蹤器遞到楊正眼前，說：「在金針山裡！」

「我們跟你們一起去，人多勢眾，幫你把單車要回來。」楊正

轉頭問隊員：「你們覺得怎樣？」

阿南酷酷地將下巴仰得高高地說：「反正都是訓練。」

其他隊員也點頭同意。

「讓我們一起去，壯大聲勢，如果是偷車集團，我們人多，不用怕他們。」楊正提高音量說著。

「我覺得他們一起去挺好的，當作聯誼好了。」我說。

「萬一對方不肯還車，我們人多勢眾，他們不敢不還。」萬一附和。

阿英眼睛掃瞄了一下所有人後，說：「好吧！看起來是一支訓練有素的龐大車隊。走吧！一起去。」

十五輛腳踏車浩浩蕩蕩地出發了。

山路顛簸，一路都是上坡，路面坑坑疤疤的，我和光華號的單

車沒有避震器，兩隻手被震得發麻。很多時候根本踩不動，得下來牽車。由於每個人的體能不同，整個車隊拉得好長，我和光華號是隊伍的尾巴。

前面出現的一條岔路讓車隊停下來，大夥兒在研究追蹤器上的地圖。我和光華號氣喘吁吁地趕上了。阿嬤牌單車也許可以在平路時速飆破五十公里，但是這種山路，阿嬤牌單車立即被打回原型，變回阿嬤的速度。

「追蹤器上顯示，紅辣椒正快速往下移動，朝我們的方向過來了。」阿英看著追蹤器說：「應該是從這條岔路進去。」

這是一條狹窄的山徑，兩旁都是雜草，地面盡是碎石。車隊前進五分鐘之後，又出現兩條岔路。

「我們從這兩條岔路包抄，不管他從哪條路衝下來，都會被我

們堵住。」楊正說。

「我們走右邊，你們從左邊過去。」阿英提議。

大家都同意，車隊立即分成左右兩個支隊伍前進。

才騎了一會兒，就看見一個男人用很快的速度衝下來，速度實在太快了，當他發現前面的山徑被單車隊堵住時，立即緊急煞車，差一點摔車。他穩住後，快速掉頭，往後走。

「快追，不要讓他跑了。」不知道是誰大叫一聲。

單車隊在後頭加快速度追趕。

這個人神情看起來很緊張，他拚命往回騎，前面出現另一個岔路口，原來這是一個圓形的環狀山路，不管你走右邊還是左邊，最後還是會回到唯一的主要山徑上。這個人回到另一個分岔點，卻撞見另一支單車隊，已經將他的路封死，進退不得。

這個人氣得大叫一聲：「真是見鬼了！」

兩支單車隊將這個小偷圍堵在小徑中間，動彈不得。

這個人看看我們，發現我們是一群年輕的學生，表情明顯鬆了一口氣。他不耐煩地叫了起來：「你們這些小鬼幹麼堵我呀！」

我看到這個人右眉角的肉疣，發現他就是在火車上和麵包店裡裝扮成老先生的那個人。我想起來了！這個人就是在電視新聞上看過的殺警歹徒阿匪。卸下老先生的裝扮後，看起來才四十多歲，他真實的樣子和電視上出現的照片就非常相似了。

這個發現讓我的心臟一陣緊縮，差一點就停止跳動了。我們面對的是搶匪又是殺警兇手，這下該怎麼辦才好？

阿英指著紅辣椒一號說：「你偷了我的車。」

阿匪指著胯下的車問：「這輛是你的車？」

「對，把車還我。」阿英嚴肅地說。

阿匪一臉驚訝：「你們怎麼知道車子在這裡？」

阿英晃了晃手上的追蹤器：「這輛車有衛星定位。」

「他媽的，衛星定位！真是倒楣。好，那我把車子還你，再跟你說對不起，你們可以走了吧！一輛車而已嘛！何必出動這麼多人馬，嚇死人啊！」

阿匪跨下車子，將車子扔在地上。他這個動作惹毛了阿英。阿英看看紅辣椒一號，不僅刮痕累累，還髒汙不堪。

「你偷了我的車，還把我的車弄成這樣……」阿英非常不高興地抱怨起來。

我走到阿英身邊，在她的耳朵邊說了幾句話。阿英臉色大變，大叫起來：「用單車把這個小偷圍起來，他就是那個槍殺警察的逃

犯。」

十幾個人立即抬起自己的車，堵向阿匪，十幾輛腳踏車層層疊疊將阿匪圍困得動彈不得。阿匪氣得想推開單車，卻一點辦法也沒有。

「既然你們已經知道我是槍擊要犯，難道一點都不懷疑我手上有槍嗎？我看你們都是小孩子，不想傷害你們，現在立刻放我出去，否則我亂槍掃射，你們一個也別想活命。」阿匪語帶威脅地說。

這個阿匪穿著背心和短褲，根本沒有地方藏他的槍。我說：「大家不要上當，他如果有槍早就拿出來了。阿英，快點打電話通知你爸爸和我表叔，就是你姨丈。」

阿英正準備要打手機，卻飛來一根樹枝打到她的肩膀。阿英大叫一聲，痛得蹲下身去，手機也彈飛到樹叢裡。

山徑上出現兩個人。

「如果不想死，就通通不要動！」這個逃犯綽號鬼仁，不說話的時候看起來已經很嚇人了，一開口說話，兇狠的模樣更加讓人不寒而慄！

站在鬼仁身邊的那個人，應該是接應他們的人，兩人手上都拿著槍。

大家嚇得目瞪口呆，不知所措。有一剎那，我覺得我死定了！並不是死在壞蛋的槍下，而是被我彈跳到喉嚨的心臟給噎死的！我幾乎無法呼吸了。

阿匪困在車堆裡兇惡地吼叫：「快點把腳踏車搬開！」

我們試圖拉開腳踏車，但是這輛車的踏板卡在那輛車的車輪裡，那輛車的把手卡在另一輛車的座墊下，要分開所有的車真的得

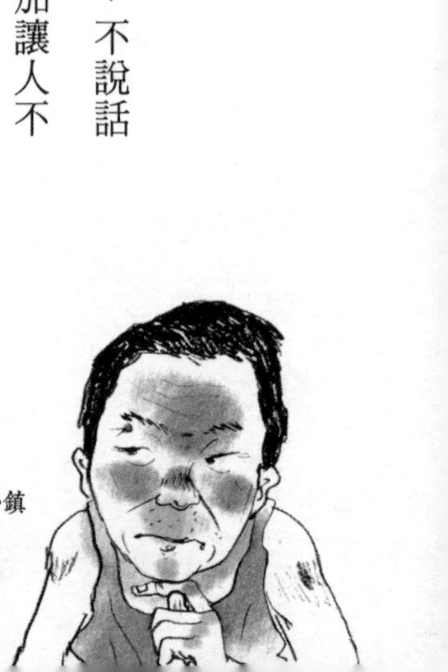

花一番功夫。

鬼仁不耐煩地催促著：「動作快一點啊！一群笨蛋。」

阿匪抬頭怒瞪著站在鬼仁身邊的那個人：「這麼多車你不偷，偏偏偷一輛有衛星定位的車子，差一點就被你害死！難怪大家都叫你笨頭。」

「這輛車看起來最酷。誰知道，現在連單車都裝衛星定位。」笨頭辯解著說。

我們故意笨手笨腳地搬移單車，拖延時間。鬼仁不耐煩地將手上的槍插在腰間，走過去粗魯地搬移單車。

阿匪突然瞪大眼睛看著我：「欸，小子，我記得你，在火車上還有麵包店我們見過面，你老實說，那時候你是不是已經認出我了？」

「沒有，我只是看出你們並不是真正的老人家，是裝的。」我用平常的口吻說著，心裡其實怕得要死！

「觀察力很好嘛！你說，我們的裝扮哪裡有問題？」阿匪歪著頭說。

「一看就知道是假髮，聲音也不像，走路的姿勢也怪怪的。」

「不要說廢話了，動作快一點。」鬼仁怒吼著：「趕快擺脫這群小鬼，真是煩死！我們要趕緊離開這裡。」

這個時候，我才發現光華號不見了！這個傻呼呼的大個兒一點都不傻嘛！見苗頭不對還懂得溜走。

看著笨頭手上的槍，我們都害怕得不敢輕舉妄動，他們連警察都敢殺，如果把他們惹火了，肯定也會朝我們開槍。看得出來紅辣椒車隊和三民國中車隊，大家都小心翼翼地戒備著。

四周的樹叢裡傳出一些輕微的窸窣聲。阿匪、鬼仁和笨頭緊張得四處搜尋。

鬼仁把槍從腰間抽出來重新握在手上。

「你們已經被包圍了，十幾支槍正指著你們，如果不想腦袋開花，現在慢慢地將手槍放下，然後趴在地上。」

那是表叔的聲音。表叔怎麼會來呢？

笨頭胡亂地朝樹林裡開了一槍後，迅速地拉過阿英當人質，將槍抵住阿英的太陽穴：「誰敢亂來，這個女生就會先死！」

阿英一張臉脹得紅通通的，她看起來嚇壞了！換成任何一個人都會嚇壞的。

「你們不要亂來，孩子是無辜的，我們讓你們走，不要傷害小孩。」表叔試著和歹徒溝通。

「快點把車子搬開呀！阿匪，你動作快一點，快點爬出來！」鬼仁大吼大叫著。

阿匪還困在單車陣裡，仍努力試著爬出單車陣。我盤算著，如果趁著鬼仁和笨頭把注意力放在和警方對峙的時候，快速地舉起身邊這輛剛剛搬下來的車子，朝鬼仁和笨頭扔過去，他們被單車擊倒的空檔，表叔他們就可以衝出來。這樣做也許也會砸到阿英，但是，她頂多受一些傷，總好過吃子彈吧！我看著楊正，他身邊剛好也有一部單車，如果我們一起舉起單車朝他們丟，應該更有可能將他們擊倒。我又沙盤推演了一下，覺得可以試一試。於是，我對著楊正使了使眼色，用手指指單車比了一下舉起來的動作，再朝鬼仁和笨頭的方向看了一眼；楊正用眼神看了看單車，再看看鬼仁和笨頭，我知道他明白了。

我和楊正輕輕地點了一下頭後，迅速地舉起身旁的單車同時朝鬼仁和笨頭扔過去。他們沒想到有這一招，毫無防備地被飛過去的單車打在地上，一把槍枝走火朝天空射出一顆子彈。

砰！

躲在樹叢裡的警察們衝了出來，一起制服了鬼仁和笨頭。

阿英受傷了，她的右手臂被腳踏板刮出一道長長的血痕，搬開腳踏車後，一名警察給阿匪扣上手銬。

表叔撿起歹徒掉在地上的兩支手槍。

阿英的爸爸跌跌撞撞地衝出樹林，跑到阿英身旁，淚流滿面地檢查她的傷勢。

「阿英……」

「老爸，你不用哭成這樣吧！」

「我以為……我以為……」阿英的爸爸哭得更傷心了。

光華號也鑽出樹林。

「爸爸，姨丈，你們怎麼會來？」阿英忍著痛問。

阿英的爸爸擦掉眼淚，吸了吸鼻子後說：「我不放心，你們出發後，我根據電腦裡的定位系統一路追到這裡，沒想到在岔路口看見光華號衝下山，嘴裡嚷著：『山上有槍，山上有槍，阿丁危險，阿丁危險。』我趕緊報警。警察就來了。」

表叔對我們說：「你們真是人小膽大呀！萬一車子砸偏了，後果就不堪設想了。我們捏了好大一把冷汗。他們可不是一般的小偷啊！是殺警的通緝犯啊！」

幾個大人把鬼仁、笨頭還有阿匪帶出山徑，塞進警車裡。阿匪坐進警車前看了我一眼。

我抓緊時機對他說：「你媽媽被記者找出來，在電視上哭著叫你出來投案，我看到了。」

阿匪眼神裡的憤怒減了幾分，他眨了兩下眼睛後，垂下眼皮，鑽進警車裡。

他的神情落寞了。再怎麼兇殘的壞蛋聽見自己的老母親因為自己而受辱，也會心軟吧！

阿英受傷無法騎車，坐上父親的車到醫院去了。

回程的路上，大家七嘴八舌地談論著。

「這個暑假真是太刺激了。」

「他們是連警察都敢殺的殺手，我們差點就沒命了！」

「當時真的嚇得要死。」

「我第一次這麼近距離看見殺人犯，感覺超詭異的。」

「明天我們會上頭條新聞。」

「你怎麼認出那個殺手的？我在電視新聞看過幾次他們的照片，但是，誰記得呀！」莊志芳騎到我身邊和我並排騎著。

「那個叫阿匪的，他的右眼眉毛上有一粒肉疣，長著幾根毛，很特別，我記得那個特徵。」

「你的觀察力很好嘛！」莊志芳用崇拜的眼神看著我。

「大家要謝謝光華號，這次如果不是他回頭找救兵，我們全都沒命了呢！」

光華號因為疲倦落在最後一個，他有氣無力地踩著單車，虛弱地做出排檔、拉汽笛的動作。

車隊停下來等光華號。光華號看見大家將注意力集中在自己身上，立即振奮起精神，像一個充飽了電的電池，當他做出排檔和鳴

笛動作時都充滿了力量。

第15章　會長高的悶蛋大橋

我在悶蛋小鎮的第一個暑假，由這個驚險刺激的事件展開。電視還有報紙、雜誌的記者湧進這個小鎮，爭相報導兩所國中的單車隊合力逮到惡名昭彰的槍擊要犯。表叔送我和光華號各一輛紅色的單車做為幫助他逮到嫌犯的獎勵。警察局還贈送我們車隊每個人一筆獎金。我把獎金送給阿嬤，阿嬤說會幫我存起來，以後給我娶老婆。我覺得很好笑，阿嬤總是為我將來的事操心，連娶老婆這件事都一直掛在嘴上。

搶匪曾經在小鎮出沒，可以讓小鎮的居民津津樂道地講個一百年吧！

兩個假裝成老人的悶蛋搶匪試圖打破那顆悶蛋，但是悶蛋畢竟還是悶蛋啊！

我坐在屋簷下，拿著一把刷子小心翼翼地將腳踏車塗成紅色。雖然我已經有一部嶄新的紅色單車，但是，我還是很喜歡這部阿嬤牌單車。

光華號從屋前的馬路快速騎過，嘴裡發出「嘟嘟」一聲。我抬頭看了一眼，招呼他進來，遞給他一把刷子，要他幫忙把車子漆成紅色。我們明天要去挑戰赤科山了。

我們安靜地將爬滿鐵鏽的車子塗上紅色的胭脂，等會兒，我的車子就會變成美麗的大姑娘。我好喜歡這樣的時刻，不用說話，只是安靜的陪伴。

「光華號。」我叫了一聲。

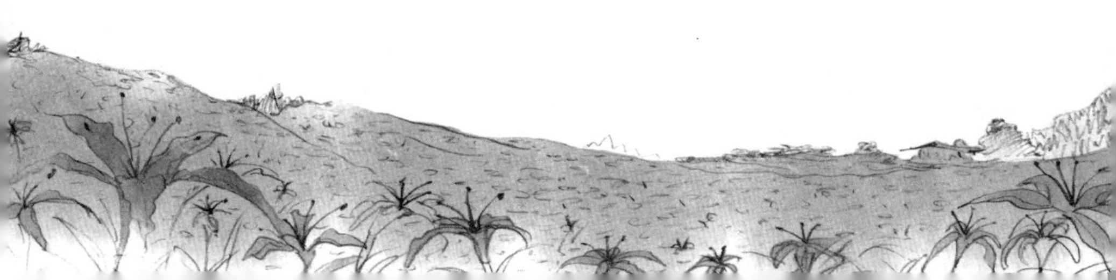

光華號沒有回應。

「你今年幾歲？」

光華號悶著一張臉專注地塗著油漆。

「我教你唱一首火車的歌，好不好？你聽好喔，火車快飛，火車快飛，飛過高山飛過原野，不知飛了幾百里，快到家裡快到家裡，媽媽看了真歡喜。」

光華號停下來，轉頭看了我一眼，說：「阿丁笨蛋。」

算了。

第二天，紅辣椒車隊、三民國中單車隊和光華號，一共十五人緩慢悠閒地騎在前往赤科山的山路上。我騎著全新的阿嬤牌單車二號，不管將來我會擁有幾輛車，所有的車都得冠上「阿嬤牌」，每

一輛車都必須記住，阿嬤牌單車一號才是老大。

紅辣椒車隊和三民單車隊達成了一項協議，把比賽改成聯誼，如果進行比賽，將失去欣賞沿路風景的機會，未來的人生會有更多論戰輸贏的機會。現在，我們應該單純地享受騎單車帶給我們的痛快樂趣。

單車隊在一片橘紅的金針花海中穿梭而行。車隊很快也變成山頂上的移動風景，許多的攝影鏡頭在追逐我們的身影。

山頂是由一個又一個圓圓的土坡組合成的壯闊風景，就像綿延的沙漠一般，只是，眼前的風景是耀眼的金黃大地。遠遠看去，你會覺得這真是一片神奇的山頂，專門用來貯存金色的陽光，凡是路過的遊客都可以帶走一片，放進胸口可以照亮陰暗的心房。我猜想，這也許就是我一直想微笑的原因吧！

我又想起老爸，也許將來有一天，我會告訴他：「走吧！我帶你去一個神祕的地方，你的視野看見多寬，你的胸懷就可以被撐得多寬。」把心胸撐大後的老爸，也許會開始思考如何才能創造一個不一樣的人生。

我這樣算是異想天開嗎？也許是吧！因為我今天站的位置距離天空比較近的緣故。

阿嬤牌單車二號簡直就是車中極品，輕便、流暢，騎來完全不費力氣，就算是陡坡我的腳也可以完全不著地的騎上坡頂。

我現在完全同意阿英說的「好車讓你的腳不用費力，爛車讓你的腳精疲力盡。」

回程，經過悶蛋大橋時，莊志芳特地騎到我身旁，用前輪擋住我的車要我停車。她指著遠處對我說：

「那裡曾經有一塊白色的璞玉，後來被採礦的人偷走了。」

「多大一塊？」我真的很想知道。

我曾經懷疑，悶蛋小鎮是否已經把璞玉的故事放進教科書裡了？要不，為什麼每個人都要對我說璞玉的故事呢？

「大概就像兩塊門板那麼大。」

關於那塊大石頭，每個人都有自己的想像。

「白色的璞玉被偷去哪裡了？」

「不知道，因為警察一直沒有破案。」

這個答案算是新鮮。

關於傳說，我得到一個結論，傳說之所以屹立不搖，關鍵點不在於信還是不是，而在於你喜歡或是不喜歡。當大家開始喜歡這個傳說，就表示它可以傳唱百年萬年。

我真的愈來愈喜歡這個傳說了。

「你知道這座橋是世界上唯二會長高的橋嗎？」

什麼？這座橋會長高？我太驚訝了，這又是另一個還沒被傳頌的悶蛋傳說吧！

我指著腳下的橋驚訝地問：「你說的是這座橋嗎？長高，怎麼長高啊！」

「你看起來很驚訝的樣子。」

「是啊，很驚訝，第一次聽到。」

莊志芳歪著頭幾乎將臉頰貼到橋牆上了：「你這樣看，會看見橋牆在中間的地方高起來。」

我也把頭歪斜著看著橋牆，的確有個地方稍微突起來，有高低的落差。

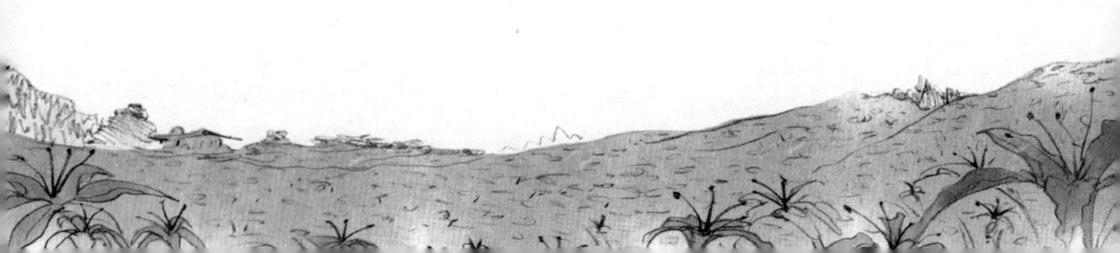

「這可是全台唯一會長『高』的公路大橋，每年長高兩、三公分，三十五年以來，一共長高了五十六公分，橋墩有墊高的紀錄，鎮公所常常要進行橋面抬升與伸縮縫接合工程。這座橋位在歐亞與菲律賓板塊間，受到板塊推擠而增高；世界上只有兩座橋會呼吸會長高，一座在瑞典，另一座就在我們的腳下。」莊志芳用一種略帶驕傲的表情說著悶蛋大橋的故事。

「你可以左腳踩在菲律賓板塊，右腳踏在歐亞板塊上，訓誡這兩大板塊：『嘿，你們最好給我聽好，不要輕舉妄動，否則要你們好看。』」莊志芳兩腳踏在板塊上，指著界碑假裝罵著。

「我覺得唱歌給他們聽比較好吧！他們聽了高興，自然就會安分了。」我說。

「咦，這個點子不錯喔！」

我看著她，她的鼻頭上有一粒粒小小的汗珠，捲捲的頭髮因為汗溼貼著她的鬢角，那一剎那，我覺得這個女生好看極了。

我毫無懷疑地相信了，相信這是一座會長高的橋，我甚至差一點就相信，那塊璞玉的故事是真的。我忽然想和她在這座橋上多待一下，但是，莊志芳說完悶蛋大橋的故事後，跨上車子追趕車隊去了。

殺警通緝犯落網一個多月後的一天上午，我穿著我最喜歡的一件襯衫，走到車棚，車棚裡擺著三輛單車，一輛嶄新的紅色阿嬤牌二號單車，一輛是阿嬤牌單車一號，另一輛是阿嬤的三輪車。我站在三輛車子前面好一會兒，終於走向阿嬤牌單車一號。

我牽著阿嬤牌單車一號站在菜園邊對阿嬤說：「阿嬤，我今天

中午不回來吃飯了。」

阿嬤正在拔草，她抬起頭來問：「你要跟誰吃飯？」

「跟……一個女生。」我覺得挺不好意思的，但是面對阿嬤，沒有什麼不可以說的。

阿嬤笑了，她問：「南瓜熟了嗎？」

我大笑起來，阿嬤真是幽默。我說：「南瓜半熟，但是我可以慢慢等它熟了再摘。」

阿嬤放心地說：「那就好好地去吃一頓飯吧！」

南瓜半熟，是因為我打了電話約莊志芳一起吃午餐，而她同意赴這個午餐約會。就這樣，也許南瓜會繼續長大，我不急著把它扯下瓜藤。我提醒自己，無論如何別想太多，這只是一頓午餐。

阿嬤牌單車一號一路發出喀啦喀啦、唧唧歪歪的聲音，讓我莫

名其妙感動得一塌糊塗。我希望有一天我可以用這些聲音創作一首歌，歌名就叫做「阿嬤的歌」。

我突然好想寫一封信給老爸，告訴他最近發生的這些事。也許他還在氣我們都沒有寄錢給他買內褲和泡麵，但是，這些氣是他活該得承受的。我要一直一直寫信給他，他一定會讀的，因為待在裡面沒什麼事可做，有信可以讀好過沒有。希望很多年很多年之後，老爸出來了，可以重新做人。

開學前兩個星期，媽媽和阿昌叔叔還有兩個小弟來小鎮看我。

我帶他們去吃悶蛋麵，去看把我們學校切割成兩半的悶蛋鐵軌；還帶他們去看了悶蛋瀑布。為了炫耀我的學問，我在兩個弟弟面前唸出了印度詩人泰戈爾的詩：瀑布說：「當我得到自由時，我

就歡唱了。」我要他們記住這首詩，將來帶女朋友去看瀑布的時候就用得上。

最後，我帶著他們來到悶蛋大橋上，跟他們說那塊白色璞玉的傳說。

我指著遠處對他們說：「那裡曾經有一塊白色的璞玉，後來被採礦的人偷走了。」

「多大一塊？」

「像一節火車那麼大。」

「像火車一樣大，要怎麼偷呀！」我弟弟很驚訝那麼大的東西也能偷。

「用吊車來吊。」

「吊車怎麼開到溪裡啊！從哪裡下去呀！」弟弟一臉不可置

信，追根究柢地問。

「有很厲害的吊車。」

「他們偷石頭做什麼？」

真高興問題又回到傳統路線。

「聽說拿去堵一個山洞的洞口。」

「山洞裡面有什麼？幹麼要堵起來？」

「聽說有一隻妖怪住在山洞裡。」

「你看過那塊璞玉嗎？」

「有人看過，但是看過的人都死了。」

「看過的人都死了，怎麼知道是被偷走的？」

「聽說他死之前在另外一塊大石頭上刻了字，記載了璞玉的故事。」

「那塊有字的石頭現在在哪裡？」

「後來也被偷走了。」

天啊！丁一丁，你會不會扯太遠了呀！

「總之，大家都這麼說的時候，這件事八成就是真的。」

關於我的璞玉傳說，終於在兩個弟弟疑惑的眼神中結束了。

這個悶蛋小鎮要不是還有阿嬤、粉圓、悶蛋圓環、阿嬤牌單車、阿英、白色璞玉的傳說、光華號、華小芬、３３０３號自強號列車、紅辣椒車隊、三民國中車隊、莊志芳、悶蛋搶匪的故事以及會長高的悶蛋大橋，簡直就可以離開花蓮搬到無人島去了。

推薦文　克服無聊，尋找平凡生活中的小趣味

文・林偉信（台灣兒童閱讀學會顧問）

我是土生土長的花蓮人，除了年輕時出外求學，在花蓮居住了超過四十年。讀這本青少年小說讓我有很親切的地域熟悉感，因為，我有親戚、朋友就住在悶蛋小鎮，我也有同學和學生就在當地的中、小學（包括書中提到的「源城國小」、「三民國中」）教書，我也曾經聽過河裡「璞玉」的故事，同時，我也有好幾次騎車穿越悶蛋大橋、上赤科山看過金針花，而我更是從小就在小鎮圓環附近的店家吃悶蛋麵，一直到現在。但最重要的是，我在花蓮生活了數十年的小鄉鎮，和悶蛋小鎮相比不相上下，有時候也同樣寂靜得讓人有著「悶」與「無聊」的感覺。

由於有這種熟悉的感覺，所以，當我在讀《悶蛋小鎮》時，很佩服作者對於青少年心理的觀察與書寫，因為，書中藉著各種趣味性的譬喻手法，把一個從繁華的高雄，來到「什麼都沒有」、「哪裡也去不了」的小鎮依親的國中生，內心的無聊與鬱悶完全精準地描繪了出來。

但，這本小說不只是在書寫一個慘淡少年悶爆的心情而已，它最精采的是，作者透過主角逐漸融入悶蛋小鎮的生活過程，帶領青少年了解：生活上的悶或不悶、無聊或不無聊，常常不單只是環境的問題，更是一個人看事情的心態問題。也就是，現實的環境常常不易改變，但我們卻能透過和外在環境（包括人、事、物）的接觸與互動，因為了解，從而調整我們原先看事情的角度，然後，就因為這樣的轉變，很神奇的，我們就會在原本看似平淡無味的生活中重新找到一些新的趣味與意義。就像書中的主角阿丁，當他願意和悶蛋小鎮的人、事、物接觸，並與他們形成互動、建立關係的同時，阿丁發現自己竟然逐漸改變了對小鎮的刻板印象——他看到先前忽略掉的身旁人、事、物的趣味性，然後，這些小趣味改變了他原先的壞心情，讓「悶」變得不悶了，讓「無聊」變得有趣了。

在這本小說中，另一個非常值得一提的情節，就是作者把一個悶蛋小鎮流傳已久的「璞玉的故事」——一個大家都聽說過、大家都相信「應該為真」、「八成為真」、但卻沒人親眼目睹的傳說，經由小鎮居民的不同轉述，穿插出現在主角阿丁的生活中。藉由小鎮居民對於平淡小鎮僅有的特殊傳奇事蹟的講述，讓我們看到「生活的事實」或許平淡，但我們卻可以為自己「平淡的生活」發掘出一些可傳講的「故事性元素」，經由故事性元素的加持來豐富與增添生活中的意義性，讓自己的日子在平淡中尋得一些自我滿足的趣味，就像是一些男生喜歡談他們當兵的故事一樣，他們常藉由故事性的敘說，將原本苦悶難耐的兵役義務，傳講成可以對人炫耀的英雄好漢事蹟。

而此一情節的安排，讀來也和近日李安導演的新作「少年Pi的奇幻之旅」有異曲同工之妙。劇中主角對於「海難故事」不同內容的敘說、不同人對不同故事版本的選擇與相信，就會產生極為不同的解讀與趣味。

總的來說，這本小說從一個國中生阿丁「觀看」與「融入」悶蛋小鎮的故事，提供了青少年們另一種「觀看」世界的方式、並且帶領青少年從中學習紓解鬱悶與無聊生活的另一種可能——在平淡不變的人、事、物中，積極、主動地去幫自己找出生活上的小趣味與新意義，來克服無聊的心情。它確是一本值得推薦給青少年閱讀、思考與討論的精采小說。

推薦文　處處充滿驚奇的冒險之旅

文．傅林統（退休校長、資深兒童文學作家）

張友漁，傑出的童話、少年小說作家，之前曾經出版的《我的爸爸是流氓》，因其創新，甚獲佳評。如今又推出一部既有趣，又有益的作品《悶蛋小鎮》，可說是前者的延續，給故事主角的下落有了個圓滿的交代，而且掀起另一波高潮，引人入勝。張友漁前後二書，顯示她是一位勇敢面對社會現實，觀察敏銳，忠於自己的思想且誠實表達的作家，因此使讀者得以從中汲取有意義的人生經驗，而獲得滿溢的智慧。

「悶蛋小鎮」何來悶？其實新鮮得出乎意料呢！作者說的「悶蛋」是反諷的手法，你以為沒啥就真的沒啥嗎？小鎮也好，一個人也好，沒啥當中，細看，絕不是沒啥。從作者一一突顯小鎮的特色、景觀、人物、傳說，無不是在向你細訴小鎮的可圈可點和可愛。文學也好，企業也好，成功的關鍵在於是否有「新的發現」。《悶蛋小鎮》讀來，不是會發現許多新價值、新觀念，不可思議的驚喜，不住地滌盪著你的心靈嗎！

慈祥且明理的阿嬤、跟班的粉圓、隨身的阿嬤牌單車、豪爽而處處得以服人的阿英、逗趣的光華號、令人喜愛的華小芬、氣勢浩蕩的紅辣椒車隊、神祕的白色璞玉傳說，土親、人親的溫馨感覺油然而生，尤其是擒拿搶匪，那驚濤駭浪的一幕，不是扣人心弦，永難忘懷嗎！

你說這是象徵性濃厚的文藝小說嗎？可是卻有通俗小說的趣味取向，甚至是譁眾取寵的誇張。不過它絕不是一般的通俗，當中有深刻的人物刻劃，細緻入微的人性描寫，還有對人間深邃的觀照，無形中把作品提升到了文學藝術的境地。

在這裡作者用對比的方法，把老爸「江山易改，本性難移」的劣根性，用極端的愛錢、無賴、無恥、狡猾的行為誇張渲染，而以善良、純真、堅強、聰穎，彰顯主角阿丁的出污泥而不染。你不覺得一頁一頁讀下去，也會愛上不與爸爸同流合污，雖在爸爸身邊卻明辨是非的阿丁嗎！

阿丁雖顛覆了「天下無不是的父母」的僵化觀念，卻是個百分之百孝敬阿嬤的好孫子，洗衣不忘連阿嬤的一起洗，有了阿嬤牌單車，竟然也善用媽媽給的錢，為阿嬤購置三輪車。接到爸爸來自監獄的信，雖然瞧不起只會要錢的卑鄙老爸，卻也情不自禁地想去探望爸爸。人間冷暖、人性的矛盾、愛與恨的掙扎，在這裡糾葛纏繞，令人為之嘆息，尤其是在監獄門口祖孫相遇，不言不語卻彼此相知相契，令人不禁為之動容。

阿丁，一個聰穎卻也多愁善感的少年，當他注意到一個女生——華小芬的時候，他情不自禁地想和她靠近，看見她就心生歡喜——如實地說出了一個小男生的浪漫情懷：「忽如一夜春風來，千樹萬樹梨花開」。阿丁，初長成的少年，「平生不會相思，才會相思便害相思」，多麼契入少年情懷的浪漫敘述。

可是這個世界不會事事如意，小芬是阿英的女朋友了。阿丁的胸口像是挨了一記重拳，但他保持優雅的姿勢離開，聽從阿嬤：「沒有熟，你幹麼把它摘下來啊！」的提示，把那份挫折的感情，收藏得妥妥當當。他說：「因為我的視線只要遇到華小芬，就會像陽光遇到鏡子一樣，折射到遠方。」多理性聰慧的感情處理！「青春的覺醒」是少男少女的天性，作者從文學藝術的層面，開啟了智慧門，也撫慰了他們的心靈。

這部小說，也隱約帶著幾分「林格倫風格」，在冒險的故事情節中融入推理的趣味。阿丁除了善良聰明之外，也具備偵探的敏銳觀察力，作者以伏筆的方式，描述阿丁如何在搭火車時注意到兩個不尋常的人物，又在鎮上的麵包店，發現歹徒的異狀，記住了他們的特徵。阿丁的機智和聰慧成了擒賊立功的關鍵，加上天真活潑的少年少女群，在良性的競賽裡釀成默契，當他們攜手合作時，展現的力量，足以對抗狡詐的歹徒，邪不勝正的歡欣為波濤洶湧的故事劃下完美的句點！

李利安．史密斯說：「就是使用世界上最大的壓力，我們也沒有辦法強迫兒童，閱讀他不喜歡的書，我們很明白地可以了解，那喜歡的根源是在——樂趣。」

張友漁流暢的、動態的，行雲流水般的妙筆，把個性鮮明的人物和場景都寫活了。她揉合了藝術小說微妙的象徵，和通俗小說豪放的趣味，給兒童無限的閱讀樂趣。《悶蛋小鎮》緊扣讀者的心，使他們愛不釋手，那是必然的！

推薦文　人生不悶蛋，像璞玉一樣閃閃發亮

文．黃秋芳（資深兒童文學工作者）

我們都是悶蛋？

大部分的我們都是「悶蛋」，困在大同小異的「蛋殼」裡。表現不好的人，困在分數、評比，傾天瀑下的關切或責罵；表現特好的人，困在疲憊、壓力，隨時被檢視或推翻的恐懼；表現不好不壞的人，困在空洞、迷惑，沒有什麼被記得也沒什麼好記得。

沒有人生下來就「酷」得像哈利波特，在額頭上裂出正邪對決的閃電傷疤；更不可能有一種成長方式像獵命師、像《飢餓遊戲》、像任何一個我們熱情擁抱過的英雄，一路走來高潮迭起，痛快又過癮，大家都為著各種黏答答的理由，辛苦掙扎，動彈不得。

想要一輩子當個悶蛋，簡直是件再簡單不過的事，不必努力、不需要花心思，連我們生活的地方，也像「悶蛋」，住在一個小型悶蛋，塞進一個更小的悶蛋移動，再擠進另一個大一點的悶蛋，上學，上班，回家，一日又一日，索然無味。

只有轉一個小小的彎，才能找到機會，發現比較不悶的選擇。

　　試試看，找一個心情輕鬆的黃昏時候，在街頭、在車上，或者在任何一個人群流動的地方停下來，認真觀察每個人的表情，想像一下每張表情背後的故事。或者，打開《悶蛋小鎮》。先看看「住一天都受不了」的好悶好悶的小鎮；慢慢地，還會看到大樹、小巷、鐵軌、火車、三輪車、腳踏車、悶蛋麵、麵包店、遙遠的監獄；接著，朋友、夥伴、偷偷暗戀的對象，像會「長」人的聚寶盆，悄悄從生活中養出更多人、更多記憶；忽然，在某個來不及眨眼的「意外瞬間」，手槍、警匪、衛星定位，所有想得到或想不到的驚奇脫軌，一下子都發生了……

悶蛋就是璞玉

　　《悶蛋小鎮》這本書，就是藏在張友漁心中最簡單的璞玉。

　　她掙脫學歷和職場的限制，流動過台灣南北、飛走過海角天涯。單車環島四十六天、跟著戲班子跑全省；做過律師事務所打字員、送報生、花店司機、傳播公司文案企劃、電視編劇、專注於自然資產與地方文化的保育整理；前往九二一災區和車諾比災區做「蓋房子」的志工，到「沒有什麼」的國外，沒有目的地走走看看；轉換著各種素材，寫過深受歡迎的幾十本書。

無論人在哪裡，手邊進行著什麼樣計畫，心裡始終藏著一個複雜的故事。這個故事是她，是她的家，是她的童年，是她依存而又破碎的山川大樹……經過十幾年幾度提筆、又幾度放下的反覆斟酌，終於，在《再見吧！橄欖樹》這本書，寫出淡淡的泥土芬芳，也寫出漫長的青澀成長，更寫出一種愛的苦澀和甘甜，烙下最深刻的牽掛。

當她撤離童年那「永遠回不去了」的山坡，搬到一個「隨時可以回去」的小鎮，只覺得新居處「什麼都有也什麼都沒有」，徹底成了個「悶蛋」。那些來不及放手的眷戀難捨，經過無限放大，已經分不清是真實還是虛構，只能一遍又一遍惆悵回眸，那棵大樹，是前世的情人，山上那一大團愛戀難捨的霧色，原來是小鎮人家仰望著的仙境。

透過文字，一層又一層裎露，終於，讓她的執著沉迷，褪下永遠不能回頭的魔魅色彩，從而在《悶蛋小鎮》這本書裡，揮去鑿開傷口的戀戀牽掛，寫出安定迷航的淡淡日常，凝視藏在「第二段童年」裡的歌哭哀喜，重現一個「什麼都沒有也什麼都有」的美麗小鎮。

《再見吧！橄欖樹》見證著大樹、生靈、川洪、土地，交織出「今生今世」的大視野；

《悶蛋小鎮》卻只淡淡勾勒出一塊沒人見過的璞玉，靜靜轉化成「此時此地」的小鏡頭，認真在小地方多用一點心，打開悶蛋，發現璞玉，這就是我們的生活、信仰，以及即將向前走去的光亮。

擁有土地和大樹的六悅，搬到缺少生態生機的小鎮，覺得很悶蛋；來自繁華大城的阿丁，搬到沒有多元商機的小鎮，也覺得很悶蛋。活得最自在的是，從來沒有離開小鎮的阿英，專注活在「此時此地」，跨越性別印象、掙脫時空侷限，一點一滴，累積出不能複製不能重來的「今生今世」。

人人都有璞玉！

六悅、阿丁、阿英，這些角色的名字，像預言，也像寓言，充滿精緻可喜的暗喻。

洋溢在《再見吧！橄欖樹》裡的淡淡憂傷，因為六悅找到救贖，種種黝暗恐慌，終而迎向光亮，「悅」就是一種選擇，欣然接受一切、感恩一切；漂浮在《悶蛋小鎮》的不安不滿，因為丁一丁的參與、關切，以及危險關鍵的奮力投入，他的生命經過這「釘一釘」的痛楚淬煉，終於也找到安身立命的依存；至於無處而不自得的「英」，這柔軟的草木菁華，正好牽引出「玉」是最堅定的石中精粹。於是，從阿英開始，每個人心中，都勾繪出一個屬於自己的璞玉故事，用各自不同的版本，傾注著全部的關切和想像。

阿英說，被偷走的璞玉像「房子」那麼大，心安定了，居處就安定了，至於被誰偷走了？她不在意，也不害怕；阿嬤說，璞玉像圓環，兜啊兜地，永遠兜不開她心愛的小鎮，自強號不停站，當然成為她「捍衛夢境」的大事，即便璞玉丟了，也將做成兩萬個手環，其實是為了兜住她心中的圓滿；隔壁班同學說，璞玉像三個書架疊起來那麼大，日後又賣給了磁磚工廠，正如我們輪迴在上學、工作的悶蛋裡；當警察的表叔說，璞玉直立的巴士，隨時可以突破、可以奔跑，最後被藝術家做成美麗石雕，就像他守護著的小鎮；「女朋友候選人」莊志芳，想像出兩扇流動的門板，沒有破案的未來，充滿可能，就連璞玉出土的位置，處在歐亞、菲律賓板塊邊界的不安，也都成為她最珍惜的資產，因為，這是全世界唯二、台灣唯一會長高的橋。

困在悶蛋裡的阿丁，終於也發現他心中的璞玉像一節火車，雖然想要流動，但還是選擇了停留，堵在山洞門口，攔截妖怪，守護他，也守護著每一個他在乎的人，抵擋現實裡的千萬種挫折和考驗。

《悶蛋小鎮》的故事結束了，轉個彎，我們還有更多不悶的選擇。

試試看，找一個心情輕鬆的時候，到台灣東部走走。我們會發現，有個小鎮叫「玉里」，以前叫做「璞石閣」，有人說，這是布農族語的譯音，意思是「灰塵」，秀姑巒溪的乾河床被風一吹，灰塵蔽日；也有人說，這是阿美族語音「派派可」，也就是四處盛產的「蕨」；還有人說這是一、兩百年前官兵初看到秀姑巒溪畔的純白大理石，如未磨的璞玉，在這裡建造起「閣」樓街道。

你最喜歡哪一個解釋呢？還是，你有自己的故事要說？

想一想，我們會怎麼訴說自己走過的每一個地方？如何想像出屬於自己的故事？這樣走過無數個悶蛋小鎮，擁抱著自己的感情和故事，人生很不悶蛋了吧？

推薦文　好多新鮮事，就在自己的家鄉

文．王玉萍（o'rip雜誌創辦人、文字生活者）

我們都深信，「外面有一個好大的世界」。不信嗎？問問台北台中台南高雄各大城市的朋友，保證八九不離十的回答都一樣：「我出生的地方，是個啥新鮮事情也不會發生的，悶蛋小鎮。」這是因為，我們還沒有機會離開。我們的心，對於未來（或外面的世界）充滿無限的想像，以為它才是最大的。

但這被稱為「悶蛋小鎮」的地方，真的是悶蛋模樣嗎？我到過作者的家鄉，隨便在路上遇到的事情，就讓我與夥伴們嘖嘖稱奇到現在。我們把車子停在書上寫的「宇宙無敵悶的悶蛋大圓環」附近，為的是去吃「鎮上所有小吃店都在賣的悶蛋麵」。同行夥伴中，有人這輩子第一次吃呢！看有多新鮮？滿足後，大夥兒閒晃到全台灣都看得見所以也可視為最無聊的便利商店，去買杯絕對不可能有驚喜的咖啡。這時，一位連便利商店都懶得進去的夥伴獨自溜達到……賣小雞的店。整間店都是一個個堆疊起來的箱子，卻充滿好多小雞的啼叫聲，仔細看，原來聲音傳自箱子，全是待售的小雞！這間店還有幫客人（的母雞）孵蛋的服務。我們都嘖嘖稱奇，人比母雞還會孵蛋？真是太專業了！

然後他又溜達到……賣檳榔的店。「你們快來看！這間檳榔批發店！」他忍不住，跑進便利商店招喚我們。「你們快來看！檳榔店老闆的照片！」原來夥伴不是要我們看檳榔，而是他與老闆搭訕閒聊間，老闆告訴他，自己賣檳榔之外的另一個身分，是空拍攝影師！一張張花東縱谷、太平洋的空照圖，場景壯闊美麗極了。除飛行員外，全台灣能親眼目睹的人，手指頭應該數得出來吧？「台灣做空拍的攝影師，都是我的朋友啦！但是他們比較可憐！要從很遠的地方很辛苦地過來找我，我只要在這裡悠哉地等他們，一起上飛機拍照。」他很得意地說著。

敢說悶，因為它是屬於自己的家鄉。書裡的少年，有一個很好笑的名字，丁一丁。還好大家都稱他：阿丁。因為爸爸搶超商被關，媽媽早就改嫁，他「像種在盆栽裡的植物」，被迫移植到鄉下的阿嬤家，沒想到卻開啟他的悶蛋小鎮冒險之旅。他遇到了酷酷的紅辣椒車隊、心儀的女生……甚至是，對警察開槍的搶匪，這種我們這輩子大概都碰不到（也希望不會碰到）的事情，但事後他還是酷酷地說：「搶匪曾經在小鎮出沒，可以讓小鎮的居民津津樂道地講個一百年吧！」因為，那是屬於他的「悶蛋小鎮」，意思是：這裡有好多你不知道的新鮮事情，但，我都很瞭啦！

雖然我們的心靈曾經以為「外面有一個好大的世界」，後來發現，這顆充滿無限想像的心靈才是最大的。但是，噓！張友漁說：「童年的往事是靈魂的點心食糧。」這樣你了解吧？心靈沒有童年可是長不大的喔。童年在哪裡？你的悶蛋小鎮還在嗎？快多看它兩眼！別說我沒事先告訴你喔！

推薦文　好山好水不無聊，發掘台灣小鎮的美好

文・許慧貞（花蓮新象繪本館館長）

二〇〇三年，因緣際會，離開熱鬧繁華的台北城，移居花蓮。朋友們聽聞總是欣羡不已，能定居在這片傳說中的「好山好水」之地，是件多麼幸運的事呀！一開始，我也是這麼跟我學生說的，「是喔，好山好水好無聊！」我的學生如此回應我。住在這麼美麗的地方，怎麼會無聊哩？

慢慢地，隨著新象繪本館的腳步，有機會更深入各個偏鄉部落，我這才慢慢能夠領會什麼叫做「沒有什麼的小鎮」。在許多花蓮的小村落中，即便是假日，整個村落仍如沉睡般安靜。正如作者在書中提到的：「小鎮只比游泳池大一點，你在街道這頭說了一句話，等你回到家，那句話已經坐在你家門口打著呵欠等你了。」

然而，小鎮真是如此的「沒有什麼」、如此「悶蛋」嗎？當我心底也悄悄同意「這兒還真是無趣！」的當下，卻又該如何引領孩子去感受屬於家鄉的美好呢？《悶蛋小鎮》指點了我方向，因為曾經在小鎮成長，張友漁很能掌握小鎮生活的點滴脈動，以她敏銳

的雙眼，帶領我們在「沒有什麼」當中找出「一點什麼」。她告訴我們：

我們可以很輕易的就發現小鎮的美，只是，我們太習慣遺忘和忽略了。讓我們重新去搜尋一下，小鎮是否有某個你曾經揉進感情的地方？也許是某條街道的某一棵樹下，悄悄埋藏著你第一次約會的羞澀記憶？也許是，一間有意思的餐廳？也許是，一間你小時候非常抗拒的理髮店？這些地方因爲埋藏著故事，而在小鎮裡發出獨特的亮光。

書中的阿丁有一位不肖老爸，阿丁和阿嬤愛他、恨他、氣他、討厭他、想丟棄他，卻又做不到。隨著教學經驗日漸累積，我終於明白「天下無不是的父母」這句話，是無法全然成立的。陪伴這些孩子的過程中，總教我膽戰心驚，面對所謂的「不是父母」，孩子的心常被傷得千瘡百孔，為了保護自己，他們得更剛強；為了武裝自己，他們常表現出一副無所謂的模樣。現實生活中的阿丁們，總讓我好心疼，除了聆聽、鼓勵之外，我自己都不知該如何更正向地引導孩子面對父母的不是。書中的阿丁是這麼面對他老爸的：「他再怎麼壞，也還是我的爸爸。我說過不再去看他的決定動搖了，過一些時候，我再長高一點點，再去看他吧！到時候我要以男人對男人的高度和他說話，勸他做一個像樣的老爸。也許去看他之前，我可以先寫一百封信給他，讓他知道，他唯一的兒子像阿嬤那樣，沒有放棄過他；也許，他被感動了，忽然決定從此以後要做一個好人。」是的，總是可以懷抱希望的。眼前雖然自己還是個孩子，能力有限，但是我們終會長大，只要找到方向、願意努力、持續盼望，總會有希望的。

《悶蛋小鎮》中，阿丁始終沒有否認過小鎮的「沒有什麼」、小鎮無藥可救的悶蛋，然而，隨著日子的過往，一則又一則際遇，漸次彙集成阿丁獨特的成長故事，也因此，小鎮果然為阿丁發出獨特的亮光。但願閱讀這本書的小鎮孩子們，除了能享受得天獨厚的好山好水外，也能像阿丁般，在好無聊的悶蛋生活中，找到小鎮為他們發出的獨特亮光。

附錄　真實世界裡的悶蛋小鎮：玉里

悶蛋小鎮，其實就是花蓮的玉里，是個位於中央山脈與海岸山脈之間的純樸小鎮，舊名叫「璞石閣」，也是我從小長大的家鄉。到底該怎麼介紹自己的家鄉才能讓大家印象深刻呢？我思考了很久，決定用一種「反其道而行」的方式來介紹這個充滿特色的地方。

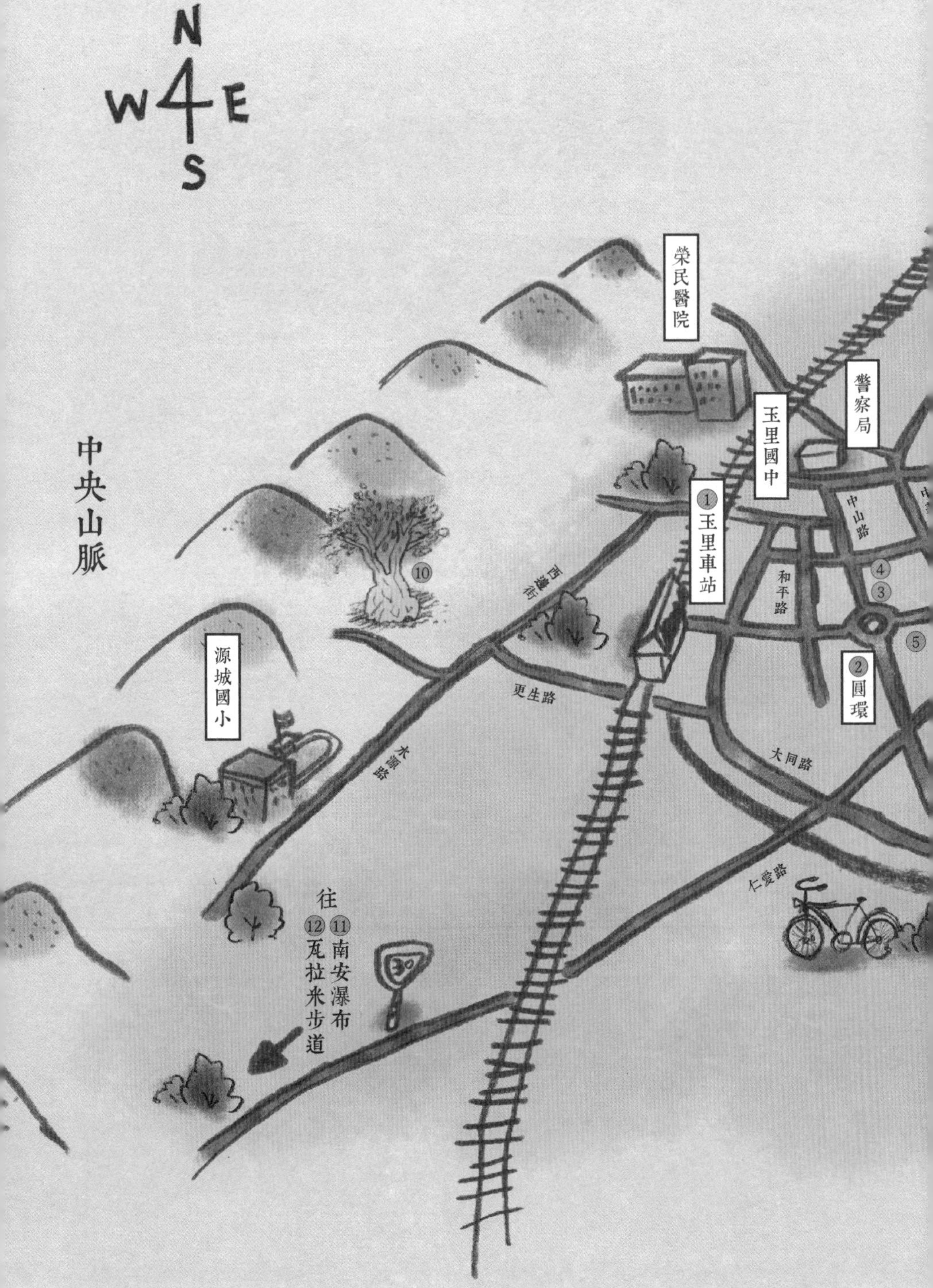
N
W
E
S
中央山脈
榮民醫院
警察局
玉里國中
①玉里車站
中山路
和平路
④
③
⑤
②圓環
西邊街
更生路
大同路
仁愛路
水源路
源城國小
⑩
往
⑪南安瀑布
⑫瓦拉米步道

（曹憶雯——攝）

1 怎麼到玉里車站？

玉里車站位於花蓮與台東之間。搭南下的火車過了瑞穗就要收拾行李準備下車。北上的火車則過了富里，就要醒來，伸懶腰，欣賞窗外的田園風光，準備下車。不管是普悠瑪號、自強號、莒光號、普通車，通通都會到。

2 小鎮的中心：圓環

小時候我住在山上，上了中學才開始在小鎮街上出沒，那時我們稱圓環叫做「魚塘」，以前魚塘裡有很多魚。媽媽也叫它魚塘，但是搬到鎮上後，就跟著叫「圓環」了。小鎮生活全繞著這個圓環打轉，是最有故事的景點。在圓環邊坐一會兒吧！感覺小鎮居民恬淡卻有趣的過去和現在。

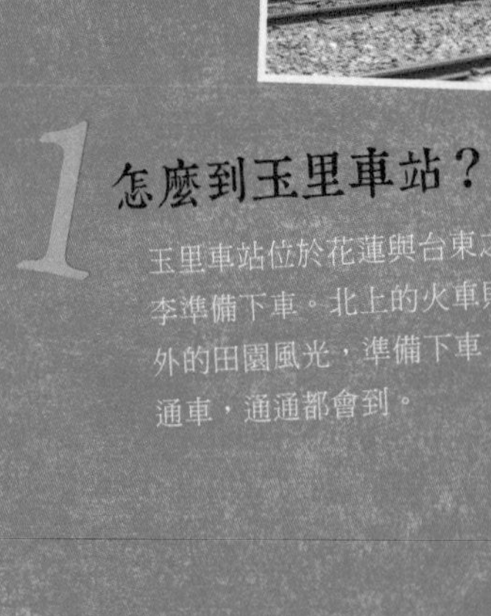

（林麗芳——攝）

3 聞名全省的羊羹店

圓環再往北走一點的中山路上有一間羊羹老店。以前的羊羹又甜又膩，減糖之後，開始好吃了，冰在冷凍庫裡，冰涼涼的，當飯後甜點，有淡淡的幸福感。

（曹憶雯——攝）

4 大排長龍的悶蛋麵

悶蛋麵其實就是玉里麵。它究竟有什麼特別？讓整個小鎮的小吃店非賣不可？阿丁在小說裡是怎麼說的：「和高雄的湯麵很不一樣。如果一定要說這兩種麵有什麼不同，就像是兩個女生，一個化了淡妝塗了口紅，一個瞇瞇眼還清湯掛麵，這一比較，你就知道誰比較美麗了。」玉里麵有油蔥，豆芽、韭菜還有幾片嚐起來有自然甜味的白肉片。沒有特別的獨門配方，但是這些配料加在一起，就是不一樣。

5 表叔讚不絕口的番薯餅

還記得表叔在麵包店買什麼給阿丁吃嗎？沒錯！就是番薯餅。中秋節前後，玉里各家餅店都會製作蕃薯餅，地瓜香甜的滋味，也是另一種鄉愁呢！是中秋節非吃不可的點心。聽說，蕃薯餅已經不在中秋節前後出沒，而是一整年都在大街上大搖大擺………

（楊煥世——攝）

6 練習騎單車的好地方

「玉富自行車道」是玉里車站至東里車站舊鐵道改建而成的自行車道。由於視野遼闊，可欣賞綿延的中央山脈與海岸山脈；沿路可欣賞花田以及四季不同風貌的稻田風光。經過地震斷層帶，你可以左腳踩在菲律賓板塊，右腳踏在歐亞板塊上，暗自唸幾句咒語：「你們最好給我聽好，不要輕舉妄動，否則要你們好看。」也可以唱歌給他們聽，討他們歡心，他們就會安分了。

7 被偷的璞玉在哪裏？

聽說，在秀姑巒溪河床上，曾經佇立一塊很大的白色的璞玉，也就是大理石，後來被偷走了。聽說，不久後警察破案了，逮到竊賊找回璞玉，但是璞玉已經被切成好幾塊，分別擺在玉里鎮立圖書館、玉里老人會館廣場、協天宮以及玉里國小操場……關於傳說，重點不在你信或是不信，而是你喜歡或是不喜歡，傳說之所以美麗，就在那真假難辨的虛實之間。

（陳郁文——攝）

8 安通溫泉

在玉長公路上，不管你要去成功漁港還是都蘭，泡個舒服的溫泉浴再出發吧！小時候我們常常到這裡遠足，在溪邊泡腳。如果時間允許，也可以選擇坐在溪邊，一邊泡腳一邊欣賞山景聽鳥兒唱歌。

（曹憶雯——攝）

9 單車挑戰賽的目的地：赤科山

七月到九月赤科山會開滿金針花，除了欣賞壯闊的金針花海，還可以眺望小鎮風光。假日擁擠，最佳前往時段：清晨，天還沒亮（可以搶到一個好的停車位）；傍晚，天開始變黑（不用搶就有好的停車位，因為大家都離開了）。請自行選擇適合的時段。當然，最好是騎單車來，就不會有停車的問題了！

10 會說話的橄欖樹

在玉里鎮西邊的山坡上，種著一棵特別的老橄欖樹，我把他的故事寫在另一本書《再見吧！橄欖樹》中。想知道老樹為什麼會說話嗎？去看書就知道了！

11 南安瀑布

去聽瀑布歡唱吧！當你仰望傾洩而下的瀑布，你就會明白印度詩人泰戈爾所寫的詩：瀑布說：「當我得到自由時，我就歡唱了。」

（楊煥世——攝）

12 瓦拉米步道

一條清幽舒適的林間健行步道，途中會經過幾座跨越溪谷的吊橋，以及日本神社遺址。沿路都有嘩啦嘩啦的拉庫拉庫溪水聲相伴。短途的遊客可以步行九十分鐘抵達佳心再折返，若想繼續前往瓦拉米山屋，就得預先辦理入山證。

13 隱藏版景點

每個人心中，都有個不同的璞玉傳說；每個人心中，也都有個不同的「悶蛋小鎮」。試著找出你最喜歡的小鎮景點，把它標示在地圖中，並寫下你對它的獨特印象吧！

國家圖書館出版品預行編目資料

悶蛋小鎮／張友漁 著
第一版．台北市：天下雜誌，2013.05 224 面；14.8×21cm．──（少年天下系列；11）
ISBN：978-986-241-720-1（平裝）

859.6　　102009272

少年天下系列——11

悶蛋小鎮

作　　者｜張友漁
繪　　者｜霧室

責任編輯｜沈奕伶
美術設計｜霧室
內頁設計｜綠貝殼資訊有限公司

天下雜誌群創辦人｜殷允芃
董事長兼執行長｜何琦瑜
媒體暨產品事業群
總 經 理｜游玉雪
副總經理｜林彥傑
總 編 輯｜林欣靜
行銷總監｜林育菁
副 總 監｜李幼婷
版權主任｜何晨瑋、黃微真

出 版 者｜親子天下股份有限公司
地　　址｜台北市 104 建國北路一段 96 號 4 樓
電　　話｜（02）2509-2800　　傳真｜（02）2509-2462
網　　址｜www.parenting.com.tw
讀者服務專線｜（02）2662-0332　週一～週五：09:00~17:30
讀者服務傳真｜（02）2662-6048
客服信箱｜parenting@cw.com.tw
法律顧問｜台英國際商務法律事務所．羅明通律師
製版印刷｜中原造像股份有限公司
總 經 銷｜大和圖書有限公司　　電話：（02）8990-2588

出版日期｜2013 年 5 月第一版第一次印行
　　　　　2024 年 4 月第一版第二十二次印行
定　　價｜280 元
書　　號｜BCKNF011P
I S B N｜978-986-241-720-1（平裝）

訂購服務——
親子天下 Shopping｜shopping.parenting.com.tw
海外．大量訂購｜parenting@cw.com.tw
書香花園｜台北市建國北路二段 6 巷 11 號　電話（02）2506-1635
劃撥帳號｜50331356 親子天下股份有限公司